山之音

山の音

川端康成

目次

山音

一

尾形信吾微蹙眉，略張嘴，似乎在思考什麼。旁人看來，或許不像思考，倒像在傷心。

兒子修一察覺了，但他已習以為常，並未在意。

與其說父親在思考什麼，做兒子的理解得更正確，父親是在試圖回想。

父親脫下帽子，用右指抓著放在膝上。修一默默取過那頂帽子，放到電車的行李架上。

「呃，就是那個……」

這種時候，信吾連話都說不好。

「上次走掉的女傭，叫什麼來著？」

「您說加代？」

「對，就是加代。她是哪天離開的？」

「上星期四，算來是五天前。」

「五天前啊。五天前剛離開的女傭，我連她的長相和服裝都記不清了。真離譜。」

修一認為，父親多少有點誇張。

「那個加代，大概是在她離開的兩三天前吧，我要去散步的時候，正要穿木屐，隨口說好像長了香港腳，結果加代說，是貴足磨痕，我當下很佩服，覺得她說話很有意思。是我之前散步時鞋帶磨腳，她卻給磨痕加上敬語，說是貴足磨痕。聽起來特別貼心，讓我很感動。不過，現在想想才發現，她說的其實是鞋帶磨腳。不是用敬語說磨痕，是磨腳[1]。根本沒什麼好感動的。是她的腔調不對。我被她的腔調騙了。現在才忽然察覺。」信吾說。

「你用敬語說說看磨痕。」

1　敬語的磨痕（おずれ）和鞋帶磨腳（緒ずれ）的發音相同，只是重音不同。

「磨痕。」

「那鞋帶磨腳呢？」

「磨腳。」

「對。我的想法果然沒錯。是加代的腔調不對。」

父親來自鄉下，對東京式的腔調沒自信。修一則是在東京長大的。

「我以為她是說敬語的磨痕，還覺得她講話聽起來很溫婉、很柔美呢。她送我到玄關，就跪坐在那裡。現在發現她說的是鞋帶磨腳，這才恍然大悟，卻想不起那個女傭的名字。長相和服裝也不大記得了。加代在我們家也待了半年吧？」

「是的。」

修一早已習慣，因此對父親毫無同情。

信吾自己，雖也習慣了，還是有點輕微的恐懼。即使絞盡腦汁試圖回想加代，腦中還是一片空白。腦子這種空虛的焦躁，有時也會流於感傷被沖淡。

此刻也是，信吾覺得加代似曾跪坐在玄關對他行禮。她當時好像就是保持那個姿勢上身略微前傾，對他說「是磨痕」。

加代這個女傭待了半年之久，自己卻勉強只記得她在玄關送他出門的一幕，這麼一想，信吾彷彿感到消逝的人生。

二

信吾的妻子保子比他大一歲，今年六十三。

他們生了一兒一女。大女兒房子有兩個女兒。

保子看來比實際年齡年輕。不像比丈夫大。信吾的外表當然也沒有特別老，只是按照一般慣例，看起來理所當然地比妻子大。這多少也是因為她雖然身材瘦小卻健康結實。

保子不是美女，年輕時看起來當然比他大，因此不愛和他一起出門。

結果是從幾歲開始，看起來變得符合夫大妻小這個常理了呢？信吾想了一下還是不確定。最後他判斷應是五十五歲之後。女人照理說老得快，實際上卻相反。

去年滿六十歲後，信吾吐了一點血。好像是肺部的毛病，但他沒有仔細做檢查，也沒有特別注重養生，之後倒也沒出問題。

他並未因此老朽多病。反而連皮膚都變好了。臥床休養半個月時，眼睛和嘴唇的色澤好像也變得更年輕。

信吾以往沒有肺結核的自覺症狀。六十歲才頭一次吐血，感覺特別淒慘，因此他有點逃避看醫生。修一覺得他這是老年人的頑固，信吾卻不以然。

保子或許是因為身體健康，睡得特別好。信吾曾經懷疑自己半夜是被保子打呼吵醒的。保子從十五、六歲就有打呼的毛病，據說她父母曾費心試圖矯正，但婚後這個毛病就消失了。沒想到過了五十歲又開始出現。

信吾會捏著保子的鼻子搖晃，如果鼾聲還不停，就掐她的咽喉搖晃。那是他心情好的時候，心情不好時，他會覺得這具長年相伴的肉體又老又醜。

今晚也屬於心情不好時，信吾開燈後，斜覷保子的臉。掐著她的咽喉猛搖。都有點冒汗了。

如今好像只有制止她打呼時，才會特地伸手碰妻子的身體吧？信吾這麼一想，便感到無限可悲。

他撿起枕邊的雜誌，太悶熱了，索性從床上起來，打開一扇遮雨窗。他蹲在那裡。

這是個月夜。

菊子的洋裝掛在遮雨窗外。是鬆垮令人討厭的淺白色。信吾猜想或許是洗好忘記收進來了，但也可能是把沾了汗水的衣服任由夜露沾濕吹吹風。

「嘎！嘎！嘎！」院子傳來叫聲。是左邊櫻樹樹幹上的蟬。他有點懷疑蟬是否會發出這麼詭異的叫聲，但的確是蟬。

蟬也會被惡夢嚇到嗎？

蟬飛進來，停在蚊帳腳。

信吾抓住那隻蟬，但牠沒叫。

「是啞巴。」信吾嘀咕。這不是那隻嘎嘎怪叫的蟬。

為了避免蟬又被燈光吸引誤入室內，信吾用盡全力，對著左邊櫻樹的高處扔出那隻蟬。扔出去後悄無聲息。

他抓著遮雨窗，向櫻樹望去。不知蟬是否停在樹上。月夜似乎漸深。可以感到那種深邃向兩旁遠去。

再過十天就是八月了，卻有蟲鳴。

也能聽見似是夜露滴落葉片之間的聲音。

於是，信吾忽然聽見山音。

沒有風。接近滿月的月光雖明亮，有點潮濕的夜氣卻令小山頂的樹林輪廓朦朧。但並未隨風晃動。

信吾所在的走廊下方的羊齒葉也沒動。

鎌倉所謂的溪谷深處，有些夜晚也能聽見濤聲，因此信吾懷疑是海的聲音，但果然還是山的聲音。

類似遙遠的風聲，卻有幾近地鳴的深遠底力。也彷彿是從自己腦中傳來，信吾懷疑是耳鳴，試著甩甩頭。

聲音停了。

聲音停止後，信吾這才感到恐懼。他渾身發冷，懷疑這該不會是在預告死期。

究竟是風聲，濤聲，還是耳鳴，信吾自認已冷靜思考，但他開始懷疑也許根本沒有那種聲音。可他的確聽見山音。

彷彿妖魔鳴山而過。

山勢陡峭，蘊含濕氣的夜色中，山的正面如暗壁聳立。小山幾可被信吾家的院子容納，因此說是牆壁，更像是把雞蛋對切豎立。

旁邊和後方也有小山，但發出聲響的似乎是信吾家的後山。

山頂的樹木之間，隱約可見幾顆星星。

信吾關上遮雨窗，忽然想起一樁怪事。

大約十天前，他在新建的茶室等客人。客人沒來，藝妓也只來了一個，還有一兩個藝妓遲到了。

「把領帶摘下吧，這麼悶熱。」藝妓說。

「嗯。」

信吾任由藝妓替他解開領帶。

他們並不熟，但藝妓把領帶塞進信吾放在壁龕旁的西裝外套口袋後，開始自述身世。

兩個月前，據說藝妓曾和建造這間茶室的木匠相約殉情。可是到了要吞氰化鉀時，藝妓犯了疑心，懷疑這個分量是否真的能讓人順利死掉。

「那個人說，分量絕對足以致死。這樣一份一份分開包裝不就足以證明嗎。的確是算好的分量。」

但她還是無法相信。越懷疑就疑心越重。

「『是誰替你包裝的？說不定為了折磨你和女人，故意在分量上動了手腳。』我追問他是哪個醫生或藥房給的，他就是不肯說。您說，是不是很奇怪。我倆都要一起死了，還有什麼不能說的。事後又不可能發現。」

「妳在說單口相聲嗎？」信吾很想這麼說，但他沒說出口。

藝妓堅持要找人計算藥的分量後，下次再重新自殺。

「結果就把藥留到現在。」

信吾覺得這說法很可疑。唯有「建造這間茶室的木匠」這句話，仍縈繞耳邊。

藝妓從錢夾取出藥包，打開給他看。

「嗯——」他只是不置可否地打量。連那究竟是不是氰化鉀，信吾都不知道。

此刻他一邊關閉遮雨窗，一邊想起了那個藝妓。

信吾鑽進被窩，關於聽見山音的恐懼，他無法把六十三歲的妻子叫醒告訴她。

三

修一和信吾在同一家公司上班，也負責提醒父親記事。

保子自然不消說，就連修一的妻子菊子，也分擔幫助信吾記憶的任務。一家三口聯手輔助信吾的記憶。

在公司，信吾辦公室的女事務員，也會協助信吾記憶。

修一走進信吾的辦公室，從角落的小書架抽出一本書，隨手翻頁。

他嘀咕著「哎喲」，走向女事務員的桌子，把翻開的那頁給她看。

「什麼啊。」信吾笑了一下說。

修一捧著翻開的那頁過來。

——此地並非已喪失貞操觀念。男人無法忍受持續愛一個女性的痛苦，女人也難以忍受愛一個男人的痛苦，為了讓彼此輕鬆，能夠更長久地愛對方，雙方都會在愛人以外另尋對象。換言之這是鞏固彼此感情的方法……

書上寫著這樣的內容。

「『此地』是哪裡？」信吾問。

「巴黎。這是小說家的歐洲遊記。」

信吾的腦子對於警句和悖論已麻木無感。不過，這段話似乎不是警句或悖論，而是了不起的真知灼見。

修一當然不是對這段話深有所感。信吾察覺，修一八成是下班要帶女事務員出去，所以先來暗示一下。

在鎌倉車站下車後，信吾暗忖應該先和修一約定回家的時間，或者比修一晚歸才對。

從東京回來的人群擠滿公車，信吾乾脆走路。

在魚店前駐足探頭一看，老闆向他打招呼，他就進店裡逛了一下。裝明蝦的桶子，裡面的水混濁發白。信吾用指尖戳戳龍蝦。應該是活的，可是沒動。有很多海螺，因此他決定買點螺。

「您要買多少？」老闆問，信吾支吾了一下。

「這個嘛，三個。要大一點的。」

「要給您切片吧。好。」

老闆父子倆把菜刀尖戳進海螺，刀刃挖出螺肉時劃過貝殼的聲音，信吾覺得很刺耳。

用自來水清洗後，迅速切片時，兩個女孩站在店頭。

「要什麼？」老闆邊切螺肉邊問。

「竹莢魚。」

「要多少？」

「一隻。」

「一條？」

「對。」

「一條？」

是比較大的小竹莢魚。女孩對老闆露骨的態度並不在意。

老闆拿張廢紙抓起竹莢魚遞給女孩。

緊挨在女孩身後的另一個女孩，戳戳前面那個女孩的手肘，說道，

「明明不需要魚。」

前面的女孩接過竹莢魚後，看著龍蝦。

「那種龍蝦，到星期六還有嗎？我的客人愛吃。」

後面的女孩不發一語。

信吾吃驚地偷窺女孩。

原來是這年頭的妓女。她們裸露背部，穿著布涼鞋，身材姣好。

魚店老闆把切碎的螺肉攏到砧板中央，分裝進三個貝殼，一邊不屑地說，

「鎌倉也越來越多那種貨色了。」

信吾對魚店老闆的語氣很意外，

「但她們不是很堅強嗎。令人佩服。」他試圖反駁。

老闆隨手把螺肉塞回去，但是三顆海螺的肉混在一起，恐怕不見得能把每顆海螺的肉放回原本的貝殼吧？信吾忽然莫名計較起這種小事。

今天是週四，距離週六還有三天，信吾想，或許是因為最近魚店常有龍蝦。那個充滿野性的女孩不知是怎麼料理整尾龍蝦給老外吃。不過龍蝦無論是煮是烤或清蒸，都是野蠻又簡單的料理。

信吾的確對女孩有好感，但之後總覺得自己有點空虛寂寞。

家裡有四口人，他卻只買了三顆海螺。他不確定是否因為知道修一不會回家吃晚飯，所以才對兒媳菊子有點愧疚。魚店老闆問他要買多少時，他不由自主就省略了修一。

信吾途中也在蔬果店買了銀杏。

四

信吾破例買了海螺回來，保子和菊子卻毫無訝異的神色。

或許是因為沒看到本該一起回來的修一，刻意隱藏那方面的情緒。

把海螺和銀杏交給菊子，信吾也跟在菊子後面去廚房。

「我要一杯糖水。」

「好，馬上端給您。」菊子說。但信吾自己扭開水龍頭。

水槽放著龍蝦和明蝦。信吾覺得很巧。在魚店時他本來也想買蝦。不過，他沒想到兩種都買。

信吾看著明蝦的顏色，

「這蝦不錯。」他說。光澤很新鮮。

菊子用剖魚的菜刀刀背敲開銀杏，

「枉費您特地買回來，可惜這銀杏不能吃。」

「是嗎。我還想說這季節難得有銀杏。」

「我打電話給蔬果店數落他們一頓吧。」

「算了。不過蝦子和海螺是類似的東西，有點畫蛇添足了。」

「這樣很像江之島的茶店。」菊子說著，作勢微吐舌尖。

「海螺可以連殼烤，龍蝦就用烤的，明蝦油炸做天婦羅吧。我再去買點香菇，爸，您能不能趁這空檔去院子幫我摘點茄子？」

「好。」

「摘小一點的。另外，還要一點紫蘇的嫩葉。對了，其實只要明蝦就夠了吧？」

晚餐的餐桌上，菊子端出兩份烤海螺。

信吾遲疑了一下之後說，

「不是還有一顆海螺嗎？」

「哎呀，爺爺奶奶牙齒不好，我想您倆合吃一份就好。」菊子說。

「什麼……別講這種沒出息的話好嗎。家裡又沒有孫子，哪來的什麼爺爺。」

保子垂下臉，吃吃偷笑。

「對不起。」菊子輕盈起身，又端來一顆烤海螺。

「菊子說的沒錯，我們兩個吃一顆其實就行了。」保子說。

信吾內心感嘆菊子講話真懂得隨機應變。對於海螺是三顆還是四顆的計較，也等於被她這句話化解了。能夠看似天真無邪地說出這種話，可見她也不簡單。

菊子或許也想過，把一顆留給修一，自己不吃，或者提議和婆婆分食一顆。

然而，保子沒有察覺信吾內心的糾結，哪壺不開提哪壺地重提舊話，

「海螺只有三顆嗎？家裡明明有四個人，你卻只買三顆。」

「修一不回來，應該不用吃吧。」

保子苦笑。不過，或許是年齡的關係，看起來不像苦笑。

菊子的神色毫無陰霾，也沒問修一去哪了。

菊子是八個孩子中的老么。

上面七個兄姊都已結婚，孩子很多。信吾有時會想到從菊子父母那代開始的旺盛繁殖力。

菊子經常抱怨，信吾到現在還記不清菊子的哥哥姊姊叫什麼名字。當然更記不得她那一大堆外甥侄兒的名字。

菊子出生，是在父母不想再要小孩，也認定已經不會生之後，她母親也對這把年紀還懷孕感到難為情，甚至詛咒自己的身體，也試過墮胎卻失敗了。菊子出生時難產，還被產鉗弄傷了額頭。

菊子聲稱是聽她母親說的，也曾這樣告訴信吾。

信吾無法理解把這種事告訴小孩的母親，也無法理解告訴公公的菊子。

菊子用手壓著瀏海，給他看額頭淺淺的傷疤。

從此，看到額頭的傷疤時，信吾也會忽然覺得菊子變可愛了。

不過，菊子的成長過程似乎就像標準的老么。與其說放任縱容，更像是被大家安心地寵愛。導致個性有點軟弱。

菊子嫁來時，信吾察覺菊子會不自覺地優雅晃動肩膀。他感到那顯然是一種嶄新的媚態。

身材纖細膚色白皙的菊子，有時會令信吾想起保子的姊姊。

信吾在少年時，很崇拜保子的姊姊。姊姊死後，保子去姊姊的夫家工作，照顧姊姊留下的孩子。全心奉獻地工作。保子想接替姊姊嫁過去。她當然喜歡俊美的姊夫，但她同樣也把姊姊當成偶像崇拜。姊姊美如天仙，難以置信和她是親姊妹。保子認為姊姊夫妻就是理想國的子民。

保子對姊夫和姊姊留下的孩子都細心照顧，姊夫卻對保子的真心視若無睹。在外面玩得很兇。保子似乎打算就這樣犧牲奉獻一輩子。

信吾知道這樣的內情，還是和保子結婚了。

三十幾年後的現在，信吾不認為自己的婚姻是錯誤的。漫長的婚姻不見得會受到開頭的左右。

不過，兩人的心底，仍有保子姊姊的影子。信吾和保子雖然都對姊姊絕口不提，但那並不代表遺忘。

兒媳菊子嫁進門後，彷彿一道閃電照亮信吾的回憶，也不算是什麼病態的事。

修一和菊子結婚至今還不到兩年，在外面已有女人。這件事令信吾非常震驚。

和鄉下人信吾的青年時代不同，修一對於情欲和戀愛似乎都毫無煩惱。沒流露過沉重的掙扎。就連修一的初體驗是什麼時候，信吾都完全沒概念。

信吾猜測，現在修一的外遇對象肯定是歡場女子或者蕩婦型的女子。

至於公司的女事務員，信吾懷疑修一頂多只是帶去跳跳舞，或是為了混淆父親的視線。

他的外遇對象不可能是這種小女生。信吾多少能從菊子身上感到這點。自從修一外遇，他和菊子的夫妻生活似乎突然有進展。菊子的體態都變了。

烤海螺的那晚，信吾半夜醒來，聽見以前沒聽過的菊子聲音。

信吾猜想，菊子對修一的外遇一無所知。

「一顆海螺，算是父母表達歉意的方式嗎。」他差點這樣咕噥。

不過，菊子雖然不知情，那個女人還是對菊子造成了什麼影響呢？

信吾昏昏沉沉挨到天亮。他出去拿報紙。月亮依然高掛天上。他大致瀏覽報紙後，又睡了一覺。

五

修一在東京車站迅速鑽上電車搶到座位後，把位子讓給後上車的信吾，自己站著。

他把晚報給父親，從自己的口袋取出信吾的老花眼鏡。信吾也有，但他經常隨手一放就忘了，因此讓修一替他帶一副備用的。

修一從晚報上方朝信吾彎腰，

「今天，谷崎說她有個小學同學想出來做女傭，我已經拜託她介紹了。」修一說。

「是嗎。如果是谷崎的朋友，不會不方便嗎？」

「為什麼？」

「那個女傭在谷崎那邊聽說之後，搞不好會把你幹的好事告訴菊子。」

「荒謬。爸你在說什麼啊。」

「不過，知道女傭的來歷就好。」信吾看晚報。

在鎌倉車站下車後，修一說，

「谷崎對爸說過我什麼嗎？」

「她什麼也沒說。好像口風很緊。」

「什麼？真是的，我如果當真對爸辦公室的女職員做了什麼，爸豈不是也沒面子，成了笑柄。」

「那當然。不過，你可別讓菊子知道。」

修一或許也不打算隱瞞，

「是谷崎說的吧。」

「谷崎知道你有女人，還想跟你鬼混？」

「大概吧。一半是吃醋。」

「真誇張。」

「我會分手的。我正打算分手。」

「你的說法，我聽不懂。不過既然如此，那我倒要好好聽聽。」

「等我分手後，再慢慢說給爸聽。」

「總之，千萬別讓菊子知道。」

「好。不過，菊子或許已經知道了。」

「是嗎。」

信吾不高興地陷入沉默。

信吾回家後還是不高興，吃完晚餐立刻起身，回自己房間去了。

菊子端來切片的西瓜。

「菊子，妳忘記鹽巴了。」保子隨後追來。

菊子和保子自然而然在走廊坐下。

「老頭子，剛才菊子一直喊你吃西瓜，你都沒聽見？」保子說。

「我沒聽見。但我知道有冰鎮的西瓜。」

「菊子，他居然說沒聽見。」保子說著轉向菊子。菊子也轉頭對保子說，

「因為爸好像在生氣。」

信吾沉默片刻後說，

「最近也許是耳朵有毛病。前幾天，我半夜打開那邊的遮雨窗乘涼，聽見那座山似乎發出鳴響。當時老太太還在呼呼大睡呢。」

保子和菊子都望向後面的小山。

「山會發出聲音嗎？」菊子說。

「我記得有一次曾聽媽說過。媽不是說，媽的姊姊過世前，曾經說她聽見山鳴嗎？」

信吾愣了一下。自己居然忘記這件事，簡直沒救了。聽到山的聲音，為何當時沒想起這件事呢？

菊子似乎也在說出口後有點憂慮，美麗的肩膀靜止不動。

蟬翼

一

女兒房子帶著兩個孩子回來了。

老大四歲，老二剛滿周歲，按照那個間隔，下一胎應該還早，但信吾還是忍不住隨口說，

「還沒懷第三胎？」

「爸你又來了，真是的。上次你不是也提過。」

房子立刻讓老二仰臥，邊解開襁褓邊說，

「菊子還沒有動靜？」

她同樣是隨口提起，但是正想湊近看嬰兒的菊子，霎時臉都僵了。

「暫時就讓那孩子那樣躺著吧。」信吾說。

「什麼那孩子。人家叫做國子。這還是外公替人家取的名字呢。」

察覺菊子臉色不對的，似乎只有信吾。不過，信吾也沒在意，望著嬰兒被解放的光腳丫動來動去覺得很可愛。

「就讓她這樣光著吧。看起來好像很舒服。一定是悶壞了。」保子也說，她膝行靠過去，搔癢似地輕拍嬰兒的下腹至大腿之間，

「房子妳也帶老大去浴室，把汗擦一擦。」

「要毛巾嗎？」菊子說著就要起身。

「我帶了。」房子說。

她似乎打算回來娘家住幾天。

房子從包袱取出毛巾和替換的衣物，老大里子緊貼在她背後，悶不吭聲地站著。這孩子來了之後還沒開口說過話。從背後看來，里子的頭髮烏黑茂密特別顯眼。

房子那條包袱巾信吾見過，但他只記得那原先是家裡的東西。

房子揹著國子，一手牽里子，一手拎包袱，就這麼從電車站一路走過來。

信吾暗歎傷腦筋。

這樣牽著手走路時，里子是個很不配合的小孩。在母親為難或脆弱時，這孩子會變得更愛哭鬧。

兒媳菊子素來注重服裝儀容，因此信吾猜想，保子大概很難堪。房子去浴室後，保子撫摸國子的大腿內側微微發紅的地方說，

「我總覺得，這孩子好像比里子還懂事。」

「八成是因為她是在父母失和之後才出生的吧。」信吾說。

「里子出生後夫妻失和，也有影響吧。」

「四歲的孩子懂什麼。」

「當然懂。會有影響的。」

「里子那種個性，是天生的……」

嬰兒用意外的方式翻身，變成趴著後，突然開始爬行，自己抓著紙拉門站起來。

「啊，啊！」菊子張開雙臂走過去，拉住嬰兒的雙手。接著引領嬰兒走向隔壁房間。

保子忽然站起來。撿起房子包袱旁的錢包，檢查裡面。

「喂，妳幹什麼！」

信吾壓低嗓門，但是語帶顫抖。

「住手！」

「為什麼？」

保子倒是很鎮定。

「叫妳住手就住手。妳這是幹什麼。」

信吾的指尖發抖。

「我又不是要偷她的錢。」

「這比偷錢更糟。」

保子把錢包放回原位。但她依舊坐在那裡，

「我看看自己女兒的錢包，有什麼不對？她一回來，如果連小孩的零食自己都買不起，豈不是麻煩了。況且我也想知道房子那邊現在的狀況。」

信吾瞪視保子。

房子從浴室回來了。

保子立刻告狀，

「欸，房子，剛才我看妳的錢包，被妳爸罵了。如果做錯了，還請妳原諒。」

「什麼叫做『如果做錯了』。」

保子對房子說的話，讓信吾更不滿。

信吾也想過，或許的確如保子所說，就母女關係而言這樣根本不算什麼，可是氣得發抖後，上了年紀的疲憊似乎從深處湧現。

房子窺探信吾的臉色。比起母親偷看錢包，父親的生氣或許更令她驚訝。

「媽要看就看無所謂。請便。」她有點自暴自棄地說，把錢包扔到母親膝前。

此舉又惹火了信吾。

保子沒有伸手去拿錢包。

「相原以為，我如果沒錢就跑不掉，所以反正錢包裡也是空空如也。」房子說。

正被菊子帶著走路的國子，忽然兩腿一軟倒下。菊子把她抱過來。

房子掀起襯衫，給孩子餵奶。

房子長得醜，但是身材好。乳房也還沒變形走樣。漲奶的乳房鼓得很大。

「今天是星期天，阿修還出門？」房子問起弟弟。

她似乎察覺，必須緩和父母之間的尷尬氣氛。

二

信吾回到家附近，抬頭望著別家的向日葵。

他就這麼仰望著，走到花的正下方。向日葵聳立在門旁，花朵朝門口的方向垂首，所以信吾等於正好擋住那戶人家出入。

那家的女孩回來了。站在信吾後方等候。她其實可以鑽過信吾身旁進門，可是她認識信吾，因此默默等候。

信吾發現女孩，

「好大的花啊。真漂亮。」他說。
女孩有點靦腆地微笑。
「只留下一朵讓它開花。」
「只留下一朵啊。難怪花長得這麼大。開很久了嗎？」
「對。」
「大概開了幾天？」
十二、三歲的女孩答不上來。她邊思考邊看著信吾的臉，之後和信吾一起又抬頭看花。女孩曬得很黑，圓臉胖嘟嘟的，手腳卻很纖細。
信吾轉身要讓路給女孩時，發現兩三戶之外也有向日葵。
那邊是在一根桿子上開了三朵花。花只有女孩家這朵的一半大，開在花莖頂端。
信吾準備離去，再次仰望向日葵時，
「爸。」菊子的聲音響起。
菊子就站在信吾背後。菜籃邊緣冒出毛豆。

「爸您回來了。在看向日葵？」

比起自己在看向日葵這件事本身，信吾沒有和修一一起回來，都已經到家門口了，還在外面看向日葵，令他面對菊子更尷尬。

「很漂亮吧。」信吾說。

「很像偉人的頭吧。」

菊子也自然而然點點頭。

偉人的頭這個說法，是此刻突然浮現的。信吾剛才其實並非抱著那個念頭看花。

不過，這麼說時，信吾強烈感到向日葵巨大沉重的力量。也感到花的構造井然有序。

花瓣宛如頭冠邊緣的裝飾，圓盤大部分都是花蕊。花蕊群集，彷彿鼓脹隆起。而且花蕊與花蕊之間毫無競爭，整齊又安靜。兼之充滿力量。

花比人類的頭蓋骨還大。或許是那種井然有序的重量感，令信吾霎時聯想到人頭。

此外，大自然旺盛的生命力充滿重量感，令信吾驀然想到巨大的男性象徵。這個花蕊的圓盤上，雄蕊和雌蕊是怎麼組合的信吾不知道，但他感到男性氣質。

夏日陽光已淡，傍晚無風。

花蕊的圓盤周圍的花瓣，是女性似的黃色。

或許是菊子在身旁，才會胡思亂想？信吾邁步離開向日葵。

「我啊，最近腦子糊塗得很厲害，就算看向日葵，好像也在想腦袋的事情。真希望腦子能像那朵花一樣乾淨漂亮。剛才在電車上，我還在想能不能把腦袋單獨拿去送洗或請人修理呢。摘下腦袋——這麼說好像太粗暴，把腦袋稍微從身體卸下，像衣服送洗一樣，說聲『這個麻煩你了』，交給大學附設醫院處理。在醫院清洗腦子、修理故障的期間，軀幹就好好休眠個三、五天至一星期。不用翻身，也不做夢。」

菊子垂落眼皮說，

「爸，您是累了吧。」

「對。今天也是，在公司會客時，抽了一口香菸就放到菸灰缸，之後又點根菸放到菸灰缸，驀然回神定睛一看，同樣長度的香菸，已有三根並排冒煙。我當場都覺得丟人。」

在電車上幻想清洗大腦是事實，但是比起被洗淨的大腦，信吾幻想更多的毋寧是安然沉睡的軀幹。軀幹卸下大腦後的沉睡，似乎更舒服。自己的確是累了。

今天黎明時分，做了兩次夢，兩次都夢見死人。

「今年夏天您不休假嗎？」菊子說。

「我打算休假去上高地[1]。因為沒地方可以讓我卸下腦袋寄放。我想去看看山。」

「那就去嘛。」菊子有點輕佻地說。

「嗯。不過現在，不是有房子在嗎。房子似乎也是回來休息的。房子是希

1 上高地，位於長野縣西部，飛驒山脈南部的山岳風景區，屬於中部山岳國立公園。

望我在家，還是希望我不在家呢？菊子妳覺得呢？」

「哎喲，真是好爸爸，我都羨慕大姊了。」

菊子的語氣也有點古怪。

信吾時而嚇唬菊子，時而轉移話題，或許是不想讓兒媳看穿沒有和兒子一起回來的自己。也許沒有刻意那樣想，但是多少似乎有點那種味道。

「喂，妳這是在挖苦我嗎？」

信吾乾脆地說，菊子嚇了一跳。

「房子都那樣了，我哪算什麼好爸爸。」

菊子很窘迫。臉頰發紅，連耳朵都紅了。

「這又不是爸爸的錯。」

從菊子這麼說話的聲調中，信吾感到某種安慰。

三

信吾就連夏天也討厭喝冷飲。起初是保子不讓他喝，久而久之自然變成這樣。

無論是早上起床或從外面回來，他都習慣先喝大量的熱茶，這點菊子也細心注意。

看完向日葵回來時，菊子也是放下一切急忙先去泡茶。信吾喝了半杯後，換上浴衣，拿著茶杯去簷廊。邊走邊啜飲一口。

菊子隨後送來冰毛巾和香菸等物，又在茶杯添了熱茶。之後站起來，替他拿來晚報和老花眼鏡。

拿冰毛巾擦臉後，信吾懶得戴上眼鏡，就這麼望著院子。

院子雜草叢生。對面角落有一叢胡枝子和芒草，像野生的一樣恣意生長。

胡枝子後方有蝴蝶飛舞。從胡枝子的綠葉之間時隱時現，因此倒像是有很多隻蝴蝶。信吾等著看蝴蝶會飛到胡枝子上方，還是從胡枝子旁邊飛出來，但蝴蝶始終在胡枝子後方飛舞。

信吾看著看著，漸漸覺得胡枝子後方好像有個小世界。葉片之間若隱若現的蝶翼，顯得格外美麗。

信吾忽然想起，上次那個接近滿月的夜晚，從後面小山的樹林之間窺見的星星。

保子過來在簷廊坐下。搖著團扇說，

「今天修一也要晚歸嗎？」

「對。」

信吾面對院子。

「那邊的胡枝子後面，不是有蝴蝶在飛嗎。妳看到沒有？」

「有，看到了。」

可是，蝴蝶似乎討厭被保子發現，這時飛出胡枝子上方。有三隻。

「竟然有三隻啊。是鳳蝶。」信吾說。

就鳳蝶的標準而言偏小型，是那種顏色暗沉的。

蝴蝶斜掠過圍牆，飛到鄰家的松樹前。三隻縱向排列，保持直線隊形，間隔也沒亂掉，迅速從松樹中央飛上樹梢。松樹不像是刻意修剪過的庭樹，長得很高。

過了一會，一隻鳳蝶從意外的方向低飛過院子，掠過胡枝子上方消失。

「今早醒來前，我接連夢到兩次死人。」信吾對保子說。

「我夢見辰巳屋的大叔請我吃蕎麥麵。」

「老公，那你吃了麵條嗎？」

「啊？我不記得了，不能吃嗎？」

信吾想，有這種夢中吃了死人給的東西就會死的說法嗎？

「不知道，不過，我想我應該沒有吃。我記得就是一盤蕎麥麵。」

好像還沒吃就醒了。

外側塗黑、內側是朱漆的方形盒子裡，墊著竹盤，就連夢中那盤蕎麥麵的色彩，迄今仍歷歷如在眼前。

是夢本就有顏色，抑或是醒來之後才添了顏色，他不確定。總之現在，唯獨那麵條記得特別清楚。其他的皆已模糊。

就只有那份蕎麥麵，直接放在榻榻米上。信吾似乎站在那前面。辰巳屋大叔和家人似乎坐著。好像誰也沒坐在座墊上。信吾一直站著很奇怪，但他好像就是站著。隱約只記得這些。

從夢中醒來時，還清楚記得夢境。後來又睡著了，直到今早醒來時，也記得更清楚。可是到了傍晚，幾乎都不記得了。只有蕎麥麵的那一幕模糊浮現，前後情節皆已消失。

辰巳屋的大叔，是三、四年前七十幾歲過世的木匠。信吾很喜歡那種傳統的工匠氣質，找他做過木工。不過，關係並沒有親近到足以在三年後還夢見對方。

夢中出現蕎麥麵的，大概是工作間後方的起居室，信吾曾經站在工作間和起居室的老人說話，但是好像沒有進過起居室。他自己也不知道怎會夢見對方端出蕎麥麵。

辰巳屋有六個孩子全是女兒。

不知是否那六個女兒之一，如今到了傍晚信吾已經記不得了，總之在夢中他曾碰觸一個女孩。

他只記得確實碰觸過。至於對方是誰，完全想不起來。也不記得任何有助於回想的線索。

夢醒時，似乎還很清楚對方是誰。之後繼續睡到今早醒來時，可能也還記得對方是誰。可如今到了傍晚，已經完全想不起來。

他也推測過既然是辰巳屋大叔的夢境續篇，應該就是辰巳屋的其中一個女兒，卻還是毫無真實感。先不說別的，首先信吾就想不起來他那些女兒長什麼樣子。

雖然肯定是夢境的續篇，卻不知和蕎麥麵的前後關聯。醒來時，腦中最清晰的似乎是蕎麥麵的樣子，所以至今還記得。可是，碰觸女孩令他從夢中驚醒，不正是做夢的慣見模式嗎？

不過，夢中並沒有足以驚醒他的刺激。

這也是因為完全不記得情節。對方的身影也已消失，想不起來。信吾現在記得的，只有模糊的感覺。身體不配合，沒有答案。心裡空落落的。

信吾在現實生活中並沒有經歷過太多女人。雖不知那是誰，總之是個黃花閨女，所以實際上應該不可能。

信吾活到六十二歲，很少做春夢，即使是這個乏味得算不上春夢的夢，夢醒後也感到狐疑。

不過，做了這個夢之後他立刻睡著了。隨即又做了夢。

信吾夢見肥頭大耳的相田拎著一升酒來他家。相田似乎已喝了不少，臉紅得似乎連毛孔都被撐開，舉止也帶著醉意。

那個夢就只記得這些。夢中的信吾家，也不知道是這個家，還是之前的房子。

相田大約十年前還是信吾公司的高階主管。去年年底，因腦溢血過世。近年來他其實已經變瘦了。

「我後來又做了一個夢，這次夢見相田拎著一升酒，來我們家。」信吾對保子說。

「相田先生？如果是相田先生，他應該不喝酒吧？太奇怪了。」

「就是啊。相田有氣喘，腦溢血倒下時，也是一口痰卡在喉嚨才死的，但他滴酒不沾。倒是經常拎著藥瓶走路。」

海。

不過，夢中的相田，如酒國英豪那樣大步走來的模樣，清晰浮現信吾的腦

「那你在夢中和相田先生一起喝酒了嗎？」

「沒喝。相田朝我坐的地方走來，可是人還沒坐下，我好像就醒了。」

「真是的，居然連續夢見兩個去世的人。」

「會不會是來接我的？」信吾說。

到了這把年紀，熟識的人很多都死了。夢中出現死人或許是理所當然。

不過，辰巳屋大叔和相田都不是以死人的身分出現。是以活人的姿態現身

信吾的夢中。

此外，今早夢中的辰巳屋大叔和相田的模樣，歷歷如在眼前。比平時的記

憶還清晰。相田醉得滿臉通紅的樣子，實際上並未發生過，信吾卻連他臉上的

毛孔擴張都能想起。

辰巳屋大叔和相田的模樣都能這樣清晰想起，在同一個夢中碰觸的女孩，

卻連長相也不記得，更不知道那是誰，這又是為什麼呢？

信吾也曾懷疑，或許是自己心虛，所以故意忘了。但並不是。他沒有清醒到足以做出道德反省，而是很快又睡著了。只記得失望的感覺。

不過，為什麼會夢見那種失望的感覺，信吾並不奇怪。

這件事他也沒告訴保子。

菊子和房子在廚房做晚餐的聲音傳來。聲音似乎有點過高。

四

每晚，蟬都會從櫻樹飛進家中。

信吾去院子時，順便走到那棵櫻樹下。

蟬飛向四面八方的拍翅聲響起。蟬的數量固然驚人，拍翅聲也嚇到了信吾。感覺就像成群麻雀飛起時的拍翅聲。

仰望高大的櫻樹，還有蟬不斷飛起。

整片天空的雲向東疾馳。氣象預報說，第二百一十天[2]應該平安無事，但信吾想，今晚或許會有強風暴雨導致氣溫下降。

菊子來了。

「爸，有什麼狀況嗎？蟬鬧出這麼大的動靜，我還以為怎麼了。」

「的確鬧得像出了什麼事一樣。都說水鳥的拍翅聲驚人，但蟬的拍翅聲也讓我很驚訝。」

菊子的手裡捻著已穿了紅線的針。

「比起拍翅聲，那種驚懼似的叫聲更可怕。」

「我倒沒怎麼在意叫聲。」

信吾看著菊子剛才待的房間。她正要給孩子縫製紅衣。是保子很久以前的長襯裙剩下的碎布。

「里子還是拿蟬當玩具嗎？」信吾問。

菊子點頭。似乎只有嘴唇微微翕動說「對」。

來自東京的里子覺得蟬很稀奇，而且或許是個性使然，起初里子很害怕，

2 第二百一十天，從立春算起的第二百一十天，大約國曆的九月一日，據說多颱風或強風。

房子就把油蟬的翅膀剪掉之後再給她。從此里子只要抓到油蟬，即便是面對保子和菊子，也會要求幫她剪掉翅膀。

保子對此很反感。

保子說，房子結婚之前可不會做那種事。她說女婿就是那樣把房子帶壞了。

看到成群紅螞蟻包圍沒翅膀的油蟬，保子真的臉都發青了。

平時保子對那種東西根本不怕，因此信吾既覺得好笑，也有點驚訝。

不過，保子之所以如此驚愕，大概是受到不祥預感的威脅。信吾知道，問題不在於蟬。

里子的個性也很陰沉執拗，就算大人拗不過她，替她剪掉油蟬的翅膀了，她還是繼續鬧脾氣。有時她看似要偷偷藏起剛被剪掉翅膀的蟬，卻眼神陰鬱地把蟬扔到院子。她知道大人正在看著。

房子每天似乎都在對保子發牢騷，但是看她絕口不提幾時回去，或許還開不了口吐露這次回來的真正原因。

保子進被窩後，就會把女兒當天發的牢騷告訴信吾。信吾多半都是左耳進右耳出，同時也感到房子似乎還有什麼話沒說。

雖然覺得做父母的應該主動替女兒排解心事，但是嫁出去的女兒都已經三十歲了，父母也不好輕易做出判斷。要收留帶著兩個孩子的女兒也不容易。就這麼順其自然地拖延一天又一天。

房子有時會說，「爸對菊子這麼好真令人羨慕。」

晚飯時，修一和菊子都在。

「對呀。我覺得我對菊子也很好呀。」保子接腔。

房子說話時明明沒有要求回答，保子卻回答了。保子雖然聲音含笑，但似乎是要壓制房子。

「因為菊子這孩子，對我們也非常好。」

菊子老實地臉紅了。

保子說的想必也是老實話。不過，聽起來有點對自己的女兒含沙射影的味道。

聽起來彷彿她只喜歡看似幸福的兒媳，討厭看似不幸的女兒。甚至令人懷疑她暗藏殘酷的惡意。

信吾將之解釋為保子的自我厭惡。信吾內心也有類似的情緒。不過，身為女人的保子，這個年邁的母親，面對悲慘的女兒，居然會把那種情緒爆發出來，倒是讓信吾有點意外。

「我可不同意喔。她只有對老公一點也不好。」修一說，但是聽來不像開玩笑。

信吾對菊子好，這點修一和保子固然不用說，菊子自己也很清楚，但誰都沒有特意說出來，如今被房子這麼一說，信吾忽然陷入落寞。

對信吾而言，菊子就是這鬱悶家庭的一扇窗。骨肉至親不僅不如信吾的期望，他們自己也無法稱心如意活在這世上，因此骨肉至親的沉重痛苦越發籠罩在信吾身上。只有看到年輕的兒媳才能夠鬆口氣。

雖說對她好，但她或許也是信吾晦暗的孤獨中一抹微光。藉著這樣縱容自己，以及對菊子好，會稍微帶來一絲甜蜜。

菊子不會猜疑信吾這個年紀的心理。也不會提防信吾。房子說的話，讓信吾覺得似乎被戳破小小的祕密。

那是三、四天前的晚餐時。

想到里子玩蟬的事，信吾此刻在櫻樹下，也順帶想起房子當時說的話。

「房子在睡午覺？」

「對。大姊在哄國子睡覺。」菊子看著信吾的臉回答。

「里子也很有意思。房子哄寶寶睡覺時，里子也湊過去，貼在母親背後睡著了。那種時候她倒是很乖巧。」

「真可愛。」

「老太太雖然討厭那個外孫女，不過等她長到十四、五歲，說不定就像老太太一樣，變得愛打呼。」

菊子愣住了。

菊子要回之前縫衣服的房間，信吾則是回其他房間，信吾正準備走開時，菊子突然叫住他。

「爸。聽說您去跳舞了？」

「啊？」信吾轉過身。

「這麼快就被妳發現了？嚇我一跳。」

信吾和公司的女事務員去舞廳，是前晚的事。

今天是週日，所以肯定是昨天那個谷崎英子告訴了修一，修一又告訴菊子。

信吾近年來沒去過舞廳。英子被邀約時似乎很驚訝。她說跟信吾去跳舞會在公司引起閒話不大好。信吾叫她別說出去就行了。但她隔天似乎馬上就告訴修一了。

修一明明從英子那裡聽說此事，昨天和今天在信吾面前卻佯裝不知。看來他八成是立刻告訴妻子了。

修一好像經常和英子去跳舞，所以信吾才去一探究竟。因為他猜想修一和英子一起去的舞廳，說不定有他的外遇對象在。

實際去了一看，一時之間也找不出那樣的女人，他也不願向英子打聽。

英子沒想到能和信吾一起去，似乎很興奮，表現得有點放浪形骸，在信吾看來很危險，不由心生憐惜。

英子二十二歲了，乳房卻似乎只有掌心大。有時會讓信吾驀然想起春信[3]的春宮畫。

不過看到周遭的混亂，自己居然會想起春信，的確顯得喜感又滑稽。

「下次帶妳去吧。」信吾說。

「真的嗎？請務必讓我同行。」

菊子打從叫住信吾時就已羞紅了臉。

菊子是否已察覺，信吾是為了尋找修一的外遇對象才去的呢？

被發現去跳舞倒是無所謂，但信吾是抱著想看修一外遇對象的企圖，因此被菊子突然說破，似乎不免有點慌亂。

信吾繞到玄關進屋後，就去房間找修一，站著直接說，

3 鈴木春信（1724-1770），江戶中期的浮世繪畫師。他的美人畫頗受歡迎，對後來的浮世繪發展有很大影響。

「喂，你是聽谷崎說的嗎？」

「畢竟那可是咱們家的大新聞。」

「這算什麼新聞。你如果要帶人家去跳舞，好歹買件夏裝給她。」

「噢？她給爸丟臉了？」

「她的襯衫和裙子好像不大搭。」

「她應該有合適的衣服。只是因為爸突然帶她去來不及準備。如果事先約好了，她會穿像樣的衣服赴約。」修一說完，不再理他。

信吾經過房子與孩子睡覺的地方，走進起居室，看著掛鐘。

「五點了。」他像要確認似地呢喃。

雲焰

一

報紙雖然說第二百一十天應該平安無事，可是二百一十天的前一晚，颱風來了。

不過信吾連自己是在幾天前看到那篇報導都已經忘了，因此那或許算不上是氣象預報。等到颱風接近後，當然氣象預報和警報都有。

「今天早點回家吧。」信吾邀修一一起回家。

女事務員英子協助信吾準備下班後，自己也匆忙收拾東西。穿上白色的透明雨衣後，她的胸部看起來更平坦。

自從帶英子去跳舞，察覺英子的平胸後，信吾反而老是忍不住往那邊看。

英子隨後跑下樓梯，在公司門口和信吾父子並肩站立。雨勢很大，所以她大概也沒補妝。

信吾本想問「妳要回哪裡」卻又作罷。自己大概已問過二十遍了，還是記不住。

到了鎌倉車站，下車的人們也都站在簷下，望著強風暴雨。

來到門口種植向日葵的那戶人家附近，風雨聲中，傳來《巴黎節》[1]的主題曲。

「那傢伙可真悠哉。」修一說。

兩人都知道，是菊子在放莉絲．高蒂[2]的唱片。

歌曲結束後，又從頭開始。

歌曲唱到一半時，響起拉動遮雨窗的聲音。

兩人也聽見菊子一邊關上遮雨窗，一邊跟著唱片哼唱的歌聲。

因為風雨和歌聲，菊子沒發現父子倆從大門走進玄關。

「真慘。鞋子都進水了。」修一說，在玄關脫下襪子。

信吾濕淋淋地進屋。

「哎呀，你們回來了。」菊子連忙過來。滿面洋溢歡喜。

修一把一手拎著的襪子交給她。

「天啊，爸也淋濕了吧。」菊子說。

唱片放完了。菊子又把唱針放回去重播，抱著兩人脫下的濕衣服起身離開。

修一邊繫和服腰帶邊說，

「菊子，連附近都聽得見音樂，妳也太悠哉了。」

「我害怕，所以才開得特別大聲。我擔心你們，在家坐立不安。」

可是，菊子亢奮得有點像是被暴風雨吹昏頭。

去廚房替信吾泡茶時，她還在小聲哼歌。

那張巴黎香頌精選集，是修一主動買給她的。

修一懂法語。菊子雖對法語一竅不通，但修一教她發音後，她反覆模仿唱

---

1 巴黎節（Quatorze Juillet），又譯七月十四日，一九三三年的法國浪漫喜劇電影。

2 莉絲．高蒂（Lys Gauty，1900-1994），法國歌手、演員。

片，唱得還蠻好的。就拿《巴黎節》的莉絲·高蒂來說吧，據說命運坎坷只差沒死掉，菊子當然不可能唱得出她那種味道，但菊子那樣結結巴巴的平淡唱法也別有樂趣。

菊子嫁來時，女校的同學們送了她一套世界搖籃曲唱片。新婚時，菊子經常放那套搖籃曲。如果旁邊沒有人，她也會跟著唱片偷偷哼唱。

那讓信吾心生甜蜜。

信吾感嘆，那是多麼女性化的賀禮。菊子聽著搖籃曲，似乎也會陷入未婚時代的追憶。

「將來我的喪禮上，就放這張搖籃曲的唱片吧。只要有那個就好，不需要誦經也不需要弔唁詞。」信吾也曾這麼跟菊子說過。雖然不是認真的，卻忽然有點感傷幾乎落淚。

不過菊子到現在還沒生孩子，搖籃曲的唱片她似乎也聽膩了，近來都沒聽到。

《巴黎節》的歌聲快結束時，忽然低微消失。

「停電了。」保子在起居室說。

「停電了。今天不聽了。」菊子說著關掉留聲機，

「媽，今天早點開飯吧。」

晚飯時，細微的燭火也被門縫鑽入的風吹熄了三、四次。

暴風雨的聲音背後似乎有大海咆哮，感覺海鳴聲比風雨聲帶來更強烈的恐懼。

二

枕邊吹熄的蠟燭，氣味始終縈繞信吾的鼻腔。

屋子有點晃動時，保子在被窩上摸索著找到火柴盒，稍微搖晃幾下，像是要確認，也像是要給信吾聽。

她隨即摸索到信吾的手。沒有握住，只是輕觸。

「不會有事吧？」

「沒事啦。就算外面有點東西被吹走，現在也不可能出去。」

「房子家應該沒事吧？」

「房子家？」

信吾都忘了。

「應該沒事吧。至少在這種狂風暴雨的晚上，夫妻倆應該相安無事地提早就寢了。」

「睡得著嗎？」保子岔開信吾的話題，陷入沉默。

修一和菊子的說話聲傳來。菊子在撒嬌。

過了一會保子又說，

「她家還有兩個幼兒呢。跟我們家不一樣。」

「對了，她婆婆不是不良於行嗎。神經痛也不知怎樣了。」

「對對對。如果要逃難，相原還得揹他母親。」

「她自己站不住嗎？」

「好像是能動啦，但這麼大的風雨……她那邊啊，真是令人憂鬱欸。」

六十三歲的保子這句「憂鬱欸」讓信吾覺得很好笑，

「到處都一樣憂鬱。」他說。

「報紙上說，女人一輩子會有各種結髮的方式，這話說得真好。」

「是什麼報導提到的？」

據保子表示，那是某位專畫美人圖的男畫家寫文章弔唁最近過世的美人圖女畫家時，一開頭的句子。

不過文章內容恰與那句話相反，女畫家據說並未嘗試過各種結髮方式。從她二十幾歲到七十五歲死亡，算來五十年，始終保持把頭髮綁成一束捲在梳子上的簡單髮型。

保子對一輩子都梳那種髮型的人固然佩服，不過撇開那個不說，對於女人一生有各種結髮方式這句話，似乎也頗有感觸。

保子習慣把本該每天看的報紙累積到幾天的數量後，再一口氣挑著瀏覽。所以也不知道她說的是什麼時候的報導。此外，她很專心聽晚間九點的新聞解說，因此不時也會說出出人意表的話。

「如此說來房子今後也還能梳各種髮型嗎？」信吾試探著說。

「對啊，女人就是這樣。不過，應該沒有我們以前梳日本髮型的變化那麼大。如果房子長得像菊子那麼漂亮，倒是可以期待她的髮型變化。」

「房子上次來的時候，妳對她的態度很不客氣。房子大概是滿懷絕望回去的。」

「是你的態度傳染給我吧？誰叫你整天只疼愛菊子。」

「哪有那種事。妳這是冤枉我。」

「本來就是，你從以前不就討厭房子，只疼愛修一？你就是這種人。現在也是，修一明明在外面有女人，你卻什麼都不說。還特別體貼菊子，那樣反而更殘酷。菊子礙於你的情面，想吃醋都不能。那樣多憂鬱啊。要是能被颱風通通吹跑就好了。」

信吾愕然。不過，對於保子越說越激動的態度，

「妳說颱風啊。」他插嘴說。

「是颱風喔。房子也是，都那個年紀了，這年頭，如果還想叫父母替她作主提離婚，豈不是太卑鄙了？」

「那也不至於吧。不過，他們已經談到離婚了？」

「不管談不談，我都可以預見到，你背負著房子連帶外孫女這個包袱的憂鬱臉色了。」

「是妳露骨地對她表現出那種臉色。」

「那是因為家裡還有特別討你歡心的菊子在。不過，就算不提菊子，老實說，我的確是不喜歡房子在家。菊子如果說了什麼，有時會讓我的心情變得很輕快，可是如果是房子說的我就會心情沉重……她出嫁之前還沒那麼嚴重。明明是自己的親生女兒和外孫女，做父母的也會有這種反應嗎？真可怕。都是被你傳染的。」

「妳這樣比房子還卑鄙。」

「剛才那句是開玩笑的。我說是被你傳染，還吐舌頭扮鬼臉，黑暗中你也看不見吧。」

「妳可真是伶牙俐『舌』的老太太。受不了。」

「房子太可憐了。你也覺得她可憐吧？」

「要收留他們母女也行喔。」

接著信吾彷彿突然想起什麼，

「上次房子帶回來的包袱巾。」

「包袱巾？」

「嗯，包袱巾。那塊包袱巾很眼熟，可我就是想不起來，那是我們家的東西吧？」

「你說那條棉布大包袱巾吧。那應該是房子出嫁時，用來包裹梳妝台鏡子的布。因為鏡子很大。」

「噢，是嗎。」

「看到那塊包袱巾，我也覺得很討厭。她幹嘛非要拎著那種東西，裝在蜜月旅行用的行李箱帶回來不也可以嗎。」

「行李箱太重了。她還帶著兩個小孩。已經顧不得體面了。」

「可是，家裡還有菊子在。那塊包袱巾，還是我當初嫁來時，包裹什麼東西帶來的。」

「原來是這樣啊。」

「比你想像中歷史更悠久喔。應該是我姊的遺物吧。姊姊死後，就是用那塊布包裹盆栽送回老家的，那是楓樹的大盆栽。」

「這樣啊。」信吾平靜地說，楓樹盆栽漂亮的紅色，照亮了整個腦子。

保子的父親在鄉下的嗜好就是盆栽。尤其似乎對楓樹盆栽精心栽培。保子的姊姊也跟著幫父親照料盆栽。

信吾在被窩裡聽著風雨聲，想起伊人站在盆栽架之間的身影。

做父親的當初大概給了出嫁的女兒一盆盆栽當嫁妝。也或許是女兒自己想要。但是女兒一死，那是父親的寶貝盆栽，況且在婆家也無人照料盆栽，所以才會歸還娘家吧。也可能是父親去討回來的。

此刻信吾滿腦子的楓紅，就是放在保子家佛堂的那盆盆栽。

信吾暗忖，如此看來，保子的姊姊應該是死於秋天。那是在信濃[3]，秋天

3 信濃，又稱信州，現在的長野縣。

來得早。

不過，是媳婦一死就立刻把盆栽送還娘家了嗎？滿樹楓紅，放在佛堂，畫面好像也太完美了。該不會是自己追憶過往的思鄉病式幻想又發作了？信吾沒把握。

信吾已經忘記保子姊姊的忌日。

不過，他沒有問保子。

因為保子曾經說過，

「我沒有幫我爸照料盆栽。一方面固然是我自己個性的問題，另一方面可能也是覺得我爸太偏愛姊姊吧。我也比不上姊姊，所以不只是自己心裡彆扭，也很羞愧自己不如姊姊那樣出色。」

每次一提到信吾對修一的偏愛，就會出現這個話題，因此保子有時會說，

「我當時大概也有點像房子。」

信吾很驚訝那塊包袱巾居然也有保子姊姊的回憶，不過因為又提到了保子的姊姊他不由沉默。

「睡吧。老年人就是不好入睡。」保子說。

「這場風雨，菊子笑得特別開心……看她反覆放唱片，我都可憐那孩子。」

「喂，這和妳剛剛講過的話自相矛盾喔。」

「你這人，事事都這樣。」

「這話該我說才對。偶爾早睡，就被妳狠狠數落。」

楓樹盆栽依然縈繞在信吾的腦中。

信吾少年時代對保子姊姊的思慕，直到與保子結婚的三十幾年後，依然是舊傷疤嗎？充滿楓紅的腦子另一角如此懷疑。

比保子晚一小時睡著的信吾，被巨響驚醒。

「怎麼了？」

菊子摸黑走來的腳步聲響起，在走廊那頭通知他，

「爸您醒了嗎？神社的人說，停放神轎的小屋，屋頂鐵皮好像被颱風吹到我們家屋頂上了。」

三

神社放神轎的小屋屋頂鐵皮，全部被風掀起。

信吾家的屋頂上和院子裡，也落下了七、八片鐵皮，神社的管理人一大清早就來撿拾。

翌日橫須賀線也通車了，信吾去了公司。

信吾對替他倒茶的女事務員說。

「怎麼樣？昨晚睡不著吧？」

「對，睡不著。」

英子說了兩三件從通勤電車的窗口看見的颱風過後的情景。

信吾抽了兩根菸後，

「今天不能去跳舞了。」

英子抬起頭微笑。

「上次跳完，隔天早上就腰痛。老年人真是不中用。」信吾這麼一說，英

子的臉頰露出淘氣的笑意，

「是因為您身子向後仰吧？」

「後仰？不會吧。應該是因為彎腰吧。」

「我想，是因為您和我跳舞時，不好意思碰我，一直刻意向後仰身保持距離。」

「嗯？這種說法倒是意外。沒那回事。」

「可是──」

「我應該只是想保持良好姿勢吧。自己不會注意到。」

「是這樣嗎？」

「是你們老是緊貼在一起，跳舞的姿勢太不雅觀。」

「哎喲，好過分。」

上次信吾跳舞時，覺得英子太亢奮，表現得放浪形骸，但他太天真了。其實根本沒那回事，反而是自己太拘謹嗎？

「那，這次我會向前躬身緊貼著妳跳舞，要去嗎？」

英子低著頭，一邊憨笑說，

「我樂意奉陪。不過，今天不行。我這副打扮，太失禮了。」

「不是今天。」

信吾看著英子一襲白襯衫綁著白色緞帶。

白襯衫不稀奇，但大概是因為白色緞帶，才會感到襯衫的雪白吧。她用有點寬的緞帶，把頭髮緊緊在腦後綁成一束。有點像颱風天的打扮。耳朵和耳後的髮際線，露出平日被頭髮掩藏的蒼白肌膚，漂亮地冒出整齊的細髮。

她穿著藏青色薄針織裙。裙子很舊。

這身服裝，就算乳房小也不顯眼。

「後來，修一沒有約妳嗎？」

「對。」

「那真是令人同情。和老爸跳過舞，就被年輕的兒子敬而遠之，妳也太可憐了。」

「哎喲，可別這麼說。我會主動邀約。」
「妳是叫我別瞎操心是吧。」
「您如果要調侃我，我可不陪您去跳舞囉。」
「哎。不過，修一被妳看見了，所以抬不起頭呢。」
英子對這句話出現反應。
「妳應該見過修一的外遇對象吧。」
英子看似為難。
「是舞女嗎？」
她沒回答。
「年紀比較大？」
「年紀大？是比您的兒媳大。」
「是美女？」
「對，很漂亮。」英子吞吞吐吐，
「不過，那人的聲音非常沙啞。與其說是菸嗓，更像是聲音撕裂，好像有雙重聲音，修一先生說那樣很性感。」

「嗯？」

見英子有鬆口的跡象，信吾反而想堵住耳朵。

他對自己感到恥辱，也厭惡修一的外遇對象及英子所流露的本性。英子好不容易肯說，結果一開口就說女人沙啞的聲音性感，這點也令信吾受不了。修一固然不好，英子也好不到哪去。

看出信吾的臉色，英子沉默了。

這天，修一也和信吾一起早早返家，關好門窗，一家四口出門去看電影《勸進帳》。

脫下白襯衫換衣服時，信吾看到修一的乳房上方和肩膊紅紅的，他猜想是颱風那晚菊子留下的印記。

主演《勸進帳》的幸四郎、羽左衛門、菊五郎三人，如今皆已過世。

信吾對電影的感受，自然和修一及菊子不同。

「幸四郎飾演的弁慶，我們看過幾次了？」保子對信吾說。

「我忘了。」

「你總是立刻就忘了。」

街頭灑落月光，於是信吾仰望天空。

月亮在火焰中。信吾忽然這麼覺得。

月亮周圍的雲朵，形狀千奇百怪，令人聯想到不動明王背後的火焰或鬼火，就像那種圖畫裡描繪的火焰。

不過，那朵雲焰冰冷淺白，月亮也冰冷淺白，信吾突然感到秋意沁人。

月亮略偏東，大致是圓的。藏在雲焰中的月亮，使得邊緣的雲朵朦朧。除了籠罩月亮的白色雲焰，附近沒有雲朵，天色在颱風過後，一夜就變得漆黑。

街上的商店皆已打烊，同樣也在一夜之間蕭條，看完電影的人們，前路一片死寂不見行人。

「昨晚失眠，今晚要早點睡。」信吾說著，忽然一陣寒意，不由懷念人體的溫暖。

多少也覺得，好像終於到了決定人生的某種時刻了。該決定的事情似乎已迫近。

栗子

一

「銀杏樹又發芽了。」

「菊子現在才發現嗎？」信吾說，

「我老早就看到了。」

「那是因為爸總是面向銀杏樹的方向坐著。」

對著信吾側坐的菊子，把頭轉向身後的銀杏樹那邊。

一家四口在起居室用餐時，位子不知不覺固定了。

信吾向東而坐。他的左邊，是保子面向南方。信吾的右邊是修一，向北。菊子向西，坐在信吾對面。

南邊和東邊有院子，因此老夫婦堪稱占了好位子。而且兩個女人的位子，也方便在用餐時上菜或添飯倒水。

不用餐時，四人也自然而然養成了在起居室的矮桌前依照固定位子坐的習慣。

所以菊子永遠背對銀杏樹。

即便如此，那麼大的樹，不合時節地發芽了她都沒發現，看來菊子心裡似乎有某種空白，這令信吾耿耿於懷。

「打開遮雨窗或打掃走廊時，應該也會看到吧。」信吾說。

「話是沒錯啦。」

「本來就是。先不說別的，從外面回來時，不都是朝著銀杏樹走來嗎。不想看也會自然看到。難道菊子妳每次都是低著頭，心不在焉地邊走邊想心事嗎？」

「哎喲，傷腦筋。」菊子侷促地動肩膀。

「今後，凡是爸會看到的東西，我一定留心先看一下。」

信吾聽來有點可悲。

「那怎麼可能。」

信吾這輩子，從來沒有希望對方把自己看到的東西都先看過的情人。

菊子繼續望著銀杏樹那邊。

「山上也有樹木長出新葉。」

「是啊。那棵樹，或許也是被風雨吹掉樹葉了。」

信吾家的後山在神社的地方被切斷。小山邊緣的區域，成了神社境內。銀杏樹就聳立在那境內，但是從信吾家的起居室看來就像山上的樹。

那棵銀杏樹在颱颱風那晚，一夜之間變得光禿禿。

被風雨吹掉樹葉的，是銀杏樹和櫻樹。銀杏樹和櫻樹在信吾家附近都算是大樹，所以或許承受的風勢也特別強，不過樹葉大概本就怕風吹。

櫻樹本來還剩少許枯萎的葉子，如今也落盡，只剩樹枝。

後山的竹葉也枯萎了。或許是因為此地近海，風中含有鹽分。不過，也有竹子被風吹斷，掉進院子。

高大的銀杏樹再次發芽了。

從大馬路彎進小巷後，信吾等於是對著那棵銀杏樹走回家，因此天天都在看。坐在起居室也看著。

「銀杏樹果然比櫻樹強。看到那個會覺得長壽的樹木或許就是不一樣。」信吾說。

「那種老樹，到了秋天還再次發芽，不知需要多大的力氣。」

「不過，樹葉看起來很蕭瑟。」

「對。我看著都懷疑葉子能否長到像春天發芽時那麼大，果然始終長不大。」

葉子不僅小，還很稀疏。不足以遮蔽枝椏。而且葉片好像也很薄。顏色也不夠綠，帶點淺黃。

秋天的朝陽，感覺正照在同樣變得光禿禿的銀杏樹上。

神社後山有很多常綠樹。常綠樹的葉片似乎比較耐得住風雨，一點也沒被摧殘。

那些常綠樹的樹叢頂端，有樹冒出淺綠嫩葉。是菊子發現那嫩葉。

保子大概是從後門進來了。響起自來水的水聲。她說了什麼，但信吾被水聲影響聽不清。

「妳說什麼？」信吾扯高嗓門。

「媽說，胡枝子開得很漂亮。」菊子代為轉述。

「是嗎。」

「媽說，芒草也已經開花了。」菊子再次轉述。

「是嗎。」

保子還在說話。

「別說了。我聽不見！」信吾怒吼。

菊子低頭想笑，

「我替您翻譯。」

「翻譯啊。反正八成只是老太太自言自語。」

「媽說，昨晚，夢見鄉下的家變得破破爛爛。」

「嗯。」

「爸您不回話？」

「除了嗯還有什麼好說的。」

水聲停了，保子喊菊子。

「菊子。妳把這花插一下。我看很漂亮就摘回來了，交給妳吧。」

「好。給爸也看一下。」

菊子抱著胡枝子和芒草過來。

保子洗手，接著似乎把信樂陶壺弄濕了，捧著壺進來。

「隔壁的雁來紅，顏色也變得很漂亮。」

保子說著坐下。

「那天種向日葵的那戶人家也有雁來紅。」信吾說著，想起那壯觀的向日葵已經被風雨吹落了。

連帶著五、六尺的花莖一起被吹斷，掉在路旁。花朵掉在地上好幾天依然保持原狀。就像掉在路旁的人頭。

向日葵周圍的花瓣先枯萎，接著粗大的花莖也失去水分，逐漸變色，沾滿塵土。

信吾上下班經過時，都得跨過落花，但他並不想看見那個。掉了頭的向日葵，花莖的下半截依然聳立在門口。沒有葉子。

一旁有五、六支雁來紅站在一排，已染上顏色。

「不過，這附近可沒有鄰居家那樣的雁來紅。」保子說。

二

保子說夢見鄉下的房子變得破破爛爛，是指保子的娘家。

保子的雙親過世後，已經好幾年沒人住那房子了。

她父親本來似乎打算讓保子繼承家業，所以才把姊姊嫁出去。身為偏愛姊姊的父親，其實應該反過來才對，可是大概是被漂亮的大女兒再三懇求，也覺得保子有點可憐吧。

所以，姊姊死後，看到保子去姊姊的婆家工作，想做姊夫的填房，父親或許對保子絕望了。說不定也有點悔恨，因為保子會那樣想，父親和家庭想必也有責任。

保子與信吾結婚，似乎讓父親很高興。

父親大概已決心不給家業找繼承人，就此度過餘生。

現在的信吾，已經超過當初保子出嫁時岳父的年紀。

保子的母親先過世，等父親死後一看，田地早已賣光，只剩下少許山林地和房子。也沒有什麼值錢的古董。

那些東西雖在保子的名下，但她完全交給鄉下的親戚打理。想必是砍了山上的樹替她繳交稅金。長年來，保子既沒有為鄉下的房子花過錢，也沒有拿到收入。

有一陣子，大家紛紛去鄉下躲避戰火時，也曾有買主出現，但信吾體諒保子的眷戀沒賣。

信吾和保子就是在那房子舉行婚禮。雖然要把剩下唯一一個女兒嫁出去，但岳父希望至少在家裡成婚。

信吾至今還記得，喝交杯酒時掉了栗子。

栗子砸到院子的大石頭上，或許是因為斜面的角度問題，飛得很遠，掉進溪谷。砸到石頭後的飛越方式，意外地優美，因此信吾當時差點失聲驚呼。他不由環視在座眾人。

似乎無人發現有一顆栗子掉落。

隔天早上，信吾特地走下溪谷。他在水邊找到栗子。

那一帶掉了很多顆，所以不見得是婚禮時掉的那顆栗子，但信吾還是撿起來，想告訴保子。

然而，那太孩子氣了。況且，保子和其他人聽說後，會相信就是那顆栗子嗎？

信吾把栗子扔進岸邊的草叢。

比起保子可能不相信，信吾更怕在保子的姊夫面前丟臉。

如果沒見到這位姊夫，昨天舉行婚禮時，信吾或許早就開口說有栗子掉落了。

婚禮有這位姊夫出席，令信吾感到類似屈辱的壓迫感。

姊姊婚後信吾依然對她懷有憧憬，因此面對姊夫時多少有點心虛，況且姊姊病死，之後他和妹妹保子結婚，也對姊夫心中產生了疙瘩。

況且保子的立場更為屈辱。姊夫對保子的真心佯裝不知，看他變相把她當成女傭使喚就知道了。

姊夫身為親戚，當然會受邀出席保子的婚禮，但信吾覺得有點尷尬，刻意不看姊夫那邊。

事實上姊夫即便在這種場合，也是光彩耀眼的美男子。

信吾感到，姊夫坐的那塊地方似乎在發光。

對保子而言姊姊夫妻就是理想國的人，信吾也因為和保子結婚，注定成為永遠比不上姊夫夫妻的人。

信吾甚至覺得，姊夫似乎正居高臨下冷冷俯視信吾和保子的婚禮。

信吾沒機會說出掉了一顆栗子這種小事的陰影，想必日後仍殘留在夫妻之間。

房子出生時，信吾也曾暗自期待她或許長得像保子的姊姊是個美人。他對妻子說不出口。然而，房子長大後比母親還醜。

按照信吾的說法，姊姊的血脈並未透過妹妹傳承下來。信吾對妻子懷有祕密的失望。

保子夢見鄉下房子的三、四天後，鄉下的親戚發電報來，通知他們房子帶著小孩回鄉了。

那封電報是菊子收下的，她交給保子後，保子就等信吾下班回來。

「夢見鄉下的老家，或許是一種預兆吧。」保子說。信吾看著電報內容，倒是意外地鎮定。

「哼，去了鄉下老家啊？」

信吾第一個念頭是，如此看來女兒應該不會尋死了。

「不過，她為什麼不回這個家呢？」

「或許是怕如果回到這裡，就會立刻被相原發現？」

「結果，相原有來說什麼嗎？」

「沒有。」

「他們的婚姻果然已經完了，老婆都帶著小孩離家出走了……」

「不過，房子說不定像上次一樣，事先告訴他要回娘家才離開的，而且在相原看來，也不好意思來咱們家露面吧。」

「總之他們已經完了。」

「虧她能摸回鄉下去，我都嚇了一跳。」

「其實她要回這個家也不是不行。」

「『也不是不行』？你說話可真冷淡。我們應該多關心她，同情有家歸不得的她才對。親子之間落到這種地步，我想想還挺難過的。」

信吾蹙眉，抬起下巴，一邊解開領帶說，

「哦，等一下。我的和服在哪裡？」

菊子替他拿來衣服。抱著信吾脫下的西服，默默走出房間。

期間保子始終低著頭，但她看著菊子關上的紙拉門，喃喃說，

「就連菊子，說不定哪天也會逃走。」

「做父母的，難道一輩子都要對小孩的夫妻生活負責任嗎。」

「那是因為你不懂女人的心情……女人碰上傷心事，和男人是不一樣的。」

「可是，女人也不見得懂每個女人的心情吧。」

「就拿今天來說，修一沒回來吧。你為什麼不叫他跟你一起回來？只有你自己回來，還讓菊子替你收拾西裝，這樣像話嗎。」

信吾沒回答。

「房子的事也是，好歹也跟修一商量一下吧。」保子說。

「要叫修一去鄉下嗎？總得把房子接回來。」

「如果是修一去接，房子或許也不會滿意。因為修一老是瞧不起房子。」

「現在講這些廢話也於事無補。星期六就讓修一去一趟吧。」

「在鄉下親戚面前也很丟人。我們等於已和鄉下斷絕關係，不會回去了，房子在那邊也無人可依靠，虧她好意思去。」

「她在鄉下不知是借宿在哪家。」

「她或許打算在那棟空屋住下來。總不可能一直打擾嬸嬸家吧。」

保子的嬸嬸應該已經年過八旬。身為一家之主的堂弟，也和保子幾乎毫無往來。信吾甚至想不起那家一共有幾人。

在保子的夢境中據說已破破爛爛的老家，房子卻躲去了那裡？信吾想想就打從心底悚然。

三

星期六早上，修一和信吾一起出門，順便去了公司。距離火車發車還有段時間。

修一來到父親的辦公室。

「這把傘先寄放這裡。」他對女事務員英子說。

英子微微歪頭，瞇起眼說，

「您要出差？」

「對。」

修一放下皮箱，在信吾面前的椅子坐下。

英子似乎用目光追著修一。

「可能會很冷，路上請多保重。」

「嗯，我知道。」修一看著英子那邊，同時對信吾說，

「今天我本來和她約好去跳舞。」

「是嗎。」

「讓我老爸帶妳去吧。」

英子臉紅了。

信吾什麼話都懶得說。

修一走時，英子拎著皮箱想送他出門。

「不用了，這樣不好看。」

修一搶過皮箱，消失在門外。

彷彿被遺棄的英子，在門前做出不顯眼的動作後，沮喪地悄悄回到自己座位。

究竟是覺得尷尬還是故意的，信吾也懶得分辨，但那種膚淺的小女人心

態，讓他輕鬆多了。

「好好的約會泡湯了，真不幸。」

「最近，他連承諾都靠不住。」

「我代他出馬吧。」

「噢……」

「有什麼不便之處？」

「哎喲。」

英子吃驚地抬起眼。

「修一的外遇對象在舞廳？」

「沒那回事。」

關於修一的外遇對象，信吾上次只從英子那裡聽說，那女人聲音沙啞很性感。除此之外，他並未主動打聽更多。

連信吾辦公室的事務員英子都見過那女人，修一的家人卻對那女人一無所知，這或許是世間常態，信吾卻無法接受。

尤其是看著眼前的英子，他更加無法理解了。

英子看起來就是輕浮的女人，但這種時候，似乎還是像人世的沉重帳幕聳立在信吾面前。她在想什麼，自然無從得知。

「所以怎麼著，妳被修一帶去跳舞時，見到那女人了？」信吾一派輕鬆地說。

「是的。」

「經常？」

「也沒那麼頻繁。」

「修一介紹給妳認識了？」

「也沒有特別介紹。」

「可我還是無法理解。修一見女人還帶妳一起去，是想讓人吃醋嗎？」

「我這樣的人，根本不可能破壞他們的感情。」英子說著，縮了一下脖子。

信吾早已看穿，英子對修一有好感，也有嫉妒，於是說，

「妳應該破壞一下才對。」

「哎喲。」

英子低頭笑了。

「對方也是兩人同行喔。」

「啊？那個女人也會帶男人去？」

「她帶的是女伴。不是男人。」

「這樣啊。那我就安心了。」

「哎喲。」英子看著信吾，

「是跟她一起生活的人啦。」

「一起生活？難不成兩個女人分租一個房間？」

「不是。雖然很小，但那棟屋子挺不錯的。」

「怎麼，妳去過？」

「唔。」

英子含糊其辭。

信吾又吃了一驚。他有點急切地說，

「她家在哪？」

英子倏然臉色發白。

「不好說啦。」她咕噥。

信吾不吭氣。

「在本鄉的大學附近。」

「是嗎。」

英子彷彿想躲避壓迫，接著又說，

「在小巷裡，有點陰暗，不過屋子很乾淨。另一個人，真的很漂亮，我很喜歡她。」

「另一個人？妳是說不是修一外遇對象的那個女人？」

「對。她給人的印象非常好。」

「嗯？那麼，那兩個女人在做什麼？兩人都單身？」

「對。不過，我也不清楚。」

「兩個女人一起生活啊。」

英子點頭後，有點撒嬌似地說，

「我從沒見過給人印象那麼好的人。真想天天見到她。」

聽起來好像是藉著那女人給人的良好印象，英子自己內在的某種東西也得到寬宥。

對信吾而言是意外連連。

信吾有點懷疑，英子是藉著誇獎同住的女人，間接貶抑修一的外遇對象，不過他還是摸不透英子的真正想法。

英子望向窗口。

「太陽照進來了。」

「是啊。把窗子打開一點。」

「修一先生把傘寄放在這裡時，我本來還有點擔心，不過他出差能碰上晴天，真是太好了。」

英子以為修一是為了公務出差。

英子抓著推開的玻璃窗，佇立片刻。一邊的下襬撩起。她似乎有點迷惘。

她又低下頭走回來。

工友送來三、四封信。

英子接下，放到信吾的桌上。

「又是告別式嗎。真討厭。這次是鳥山啊。」信吾嘀咕。

「今天下午兩點。他老婆不知怎樣了。」

英子已習慣信吾的自言自語，只是悄悄看著信吾。

信吾微微張嘴，有點恍神，

「今天不能去跳舞了。我要出席告別式。」他說。

「這個男人，在他老婆的更年期慘遭虐待。他老婆不給他飯吃。是真的不給他吃。只有早上是在家裡吃了才出門，可是也沒有為老公準備什麼飯菜。是孩子們的早餐做好後，老公就背著老婆偷偷吃一點。傍晚他怕老婆不敢回家，就每晚四處閒逛，或是看看電影，或是去聽相聲，等老婆孩子睡著了才回家。小孩也跟著母親一起虐待老爸。」

「為什麼會這樣？」

「這哪有什麼為什麼，到了更年期自然如此。更年期很可怕喔。」

英子似乎以為信吾是尋她開心。

「可是，做丈夫的應該也有不對的地方吧？」

「他當時是地位崇高的官員。後來雖然進了民間公司，總之告別式也這樣借用寺院舉行，可見相當隆重。他做官員時也沒有花天酒地。」

「他有出錢養活家人吧？」

「那當然。」

「那我就不懂了。」

「對。你們是不會懂的，五、六十歲的體面紳士，卻害怕老婆，連家都不敢回，每晚在外四處徘徊，這種人多得很。」

信吾試圖回想鳥山的面容，卻想不起來。算算已有十年未見。

他在想鳥山是不是死在家中。

四

信吾猜想鳥山的告別式上，或許可以遇見大學同學，因此上香後就站在寺門旁，可是一個老同學也沒見到。

也沒有像信吾這個年紀的人出現。

或許是因為信吾來得晚。

探頭朝裡一看，排在正殿入口的隊伍，散開來緩緩移動。

家屬在正殿內。

信吾猜想他老婆八成還活著，果不其然，站在棺材前面的瘦削女人應該就是。

她雖有染髮，但似乎好一陣子沒有繼續染，髮根已發白。

是因為照顧長期患病的鳥山，沒時間染髮嗎？信吾向那個老女人鞠躬致意時突然這麼想，可是直起身子給棺木上香時，他差點嘀咕「真相如何誰知道」。

換言之，信吾走上正殿台階向家屬行禮時，完全忘了鳥山的老婆虐待丈夫的傳聞。當他直起身子向死者行禮時，才想起那件事。信吾愣了一下。他刻意不看家屬席的鳥山老婆，就此走出正殿。

信吾之所以發愣，是為自己可笑的健忘，並不是為鳥山和他老婆，但他抱著某種不悅的心情沿著碎石子路走回來。

走在路上，信吾的後頸感到遺忘和失落。

知道鳥山夫妻之間關係的人已不多。就算還有寥寥數名知情者活著，那也已被遺忘。之後只能隨便鳥山的老婆任意回憶。想必沒有第三者會認真回顧。

包括信吾在內的六、七個老同學聚會時，即便提起鳥山，也無人認真思考。只是一笑帶過。提起鳥山的男人，只是嘲諷又誇張地搞笑。

當時的與會者之中，已有兩人比鳥山先過世。

鳥山的妻子為何要虐待他，鳥山又為何會任由妻子虐待，現在的信吾覺得，想必鳥山夫妻自己也不明白。

鳥山就在不明白的情況下把這個問題帶去地下了。對於還活著的妻子而言，那也成了過去，成了沒有鳥山這個對象的過去。她想必也會不明所以地死去。

在同學會上提起鳥山的那個男人，據說家裡有四、五個代代相傳的古老能劇面具，鳥山來的時候男人拿給他看，聽說鳥山待了很久都沒動。根據那男人的說法，鳥山不可能對初次見到的能劇面具那麼感興趣，想必只是在消磨時間等妻子就寢後才能回家。

不過，如今的信吾猜想，鳥山每晚這樣四處遊蕩，身為五十幾歲的一家之主，想必也在深思什麼吧。

告別式上掛的鳥山照片，似乎是他當官員時在新年或節日拍攝的，身穿禮服，圓臉溫和。再加上照相館修過照片，看不出陰影。

鳥山那溫厚的容貌很年輕，顯得和棺木前的妻子不相稱。倒像是妻子飽受鳥山折磨變得過度蒼老。

鳥山的妻子身材矮小，因此信吾是俯視她髮根的白髮，她一邊的肩膀也略顯下垂，感覺很憔悴。

兒子女兒和看似他們配偶的人，在鳥山的妻子身旁站成一排，不過信吾沒仔細看。

信吾在寺院門口等了一會，打算遇見哪個老友，就問問對方：「你家過得如何？」

若被人反問同樣的問題，他很想回答：「我本來還覺得這些年好歹平安無事，偏偏女兒和兒子的家庭如今都不得安寧。」如此談談那方面的話題。就算吐露家醜，彼此也幫不上任何忙。也不願多管閒事。想必只是邊聊邊走到電車站，就此道別。

不過，信吾期盼的，也僅此而已。

「鳥山也是，人一死，被妻子虐待過的事，不也了無痕跡嗎。」

「鳥山的兒子女兒如果家庭美滿，算是鳥山夫妻的成功嗎。」

「這年頭，小孩的婚姻生活，父母究竟要負多大的責任。」

很想對老友當面說出的這種嘀咕，不知怎的，不斷在信吾的心頭浮現。

寺院山門的屋頂上，有成群麻雀叫個不停。

麻雀沿著屋簷弧形飛上屋頂，又以弧形飛起。

五

從寺院回到公司，有兩個客人在等候。

信吾命人從後方的櫃子取出威士忌，注入紅茶。這樣多少有助於記憶力。

一邊和客人應酬，他想起昨天早上，在家看到的麻雀。

就在後山山腳的芒草上。麻雀啄著芒草穗。不知是在吃芒草的草籽還是在抓蟲子。這麼想著再一看，成群麻雀中，原來還夾雜畫眉鳥。

發現麻雀和畫眉混在一起，信吾看得更仔細了。

六、七隻鳥從這支芒草穗飛到另一支芒草穗，導致所有的穗子劇烈搖晃。

畫眉有三隻。比較安分。不像麻雀那麼性急。也很少飛來飛去。

從畫眉的翅膀光澤和胸毛的顏色看來，似乎是今年的鳥。麻雀就顯得灰頭土臉。

信吾當然喜愛畫眉，但一如畫眉與麻雀的叫聲聽來個性不同，從動作也同樣可看出個性不同。

他看了一會，很好奇麻雀與畫眉是否會吵架。

可是，麻雀彼此呼喚飛來飛去，畫眉互相依偎，自然而然分成兩個陣營，即使偶爾混雜在一起，也不像要吵架的樣子。

信吾為之嘆服。那是早上洗臉時。

大概是因為剛才寺門有麻雀，才會想起此事吧。

送走客人後，信吾關上門，轉身就對英子說，

「妳帶我去修一的女人家。」

信吾和客人交談時就一直在思考此事，但在英子看來太突然了。

英子哼了一聲表達反抗，面露不滿，但立刻就洩氣了。可她還是用僵硬的聲音冷淡地說，

「您去了，打算做什麼？」

「不會給妳惹麻煩的。」

「您要去見對方？」

今天是否要見那個女人，信吾還沒想那麼多。

「等修一先生回來後，再一起去不行嗎？」英子平靜地說。

信吾感到，英子在冷笑。

即便上車後，英子也很沉鬱。

信吾光是羞辱、踐踏英子，就已心情沉重。這也等於是在羞辱自己和兒子修一。

信吾並不是沒幻想過趁修一不在時解決此事。不過，他覺得那似乎只停留在幻想。

「如果要談，我認為，您可以和與她同住的那個人談。」英子說。

「就是讓妳印象很好的那個人是吧。」

「對。要我把那個人叫來公司嗎？」

「這個嘛……」信吾含糊其辭。

「修一先生在她家喝酒，喝得爛醉，就會大吵大鬧。他叫那個人唱歌，那人用動聽的聲音一唱，絹子小姐就哭了。絹子小姐會哭，可見她很聽那個人的話。」

英子的敘述方式很奇怪，她說的絹子應該就是修一的女人吧

信吾連修一會那樣發酒瘋都不知道。

他們在大學前面下車，拐進小巷。

「如果讓修一先生知道了，我就沒臉上班了，只能辭職。」英子低聲說。

信吾一驚。

英子停下腳站住了。

「彎過那邊那個石牆，第四家，掛著池田那個門牌的房子就是。她們認識我，所以我就不過去了。」

「給妳造成麻煩，今天就不去了。」

「為什麼？都已經走到這兒了……只要府上家庭和諧，不就好了？」

英子的反抗中也能感到憎惡。

英子說的石牆，其實是水泥牆，院子有棵大楓樹，彎過那棟房子的牆角，第四家的池田是老舊的小房子，毫無特色。入口朝北光線昏暗，二樓的玻璃門

也關著，悄無聲息。

信吾經過門口。也沒看到什麼特別的東西。

走過去之後，他有點洩氣。

那棟房子藏著兒子什麼樣的生活呢？信吾不認為自己應該突兀地走進那房子。

他走另一條路繞回去。

英子不在剛才那裡。走到之前下車的大馬路，也沒看見英子。

可是回家後，信吾覺得菊子有點神色晦暗不明，

「修一先去了一下公司，之後就出發了。幸好天氣放晴了。」他說。

信吾很累，早早就躺下了。

「修一向公司請了幾天假？」保子從起居室說。

「不知道。我沒問，不過他只是去帶房子回來，應該兩三天就夠了吧。」

他從被窩回答。

「今天我幫著菊子，給你的被子塞了棉絮。」

房子要帶著兩個小孩回來，信吾想，之後菊子一定會很辛苦。

他盤算是否該和修一夫妻分開住，頓時腦海又浮現在本鄉看到的修一外遇對象家。

他也想起了英子的反抗。英子每天都在身邊，可信吾從未見過她那樣發脾氣。

菊子的爆發他應該也只是尚未見識到吧。保子曾對信吾說，菊子是礙於公公的情面，想吃醋都無法吃醋。

信吾不久就睡著了，但他被保子的鼾聲吵醒，捏住保子的鼻子。

保子就像一直清醒沒睡的人那樣說，

「房子又會拎著那個包袱回來嗎。」

「大概吧。」

對話就此中斷。

島夢

一

野狗在地板底下不知幾時生了小狗。

「不知幾時生了」這種說法聽來很冷淡，但對信吾一家而言正是如此，家裡誰也沒發現，就已在地板底下生了。

「媽，阿照昨天和今天都沒來，該不會是生了吧？」菊子七、八天前曾在廚房對保子說。

「被妳這麼一說，的確都沒看到呢。」保子漠不關心地回答。

信吾把腳伸到暖桌下，正在泡玉露茶喝。今年秋天他養成每天早上喝玉露的習慣，而且是自己泡茶。

菊子當時是在準備早餐時提到阿照，但是話題就此不了了之。

菊子屈膝把味噌湯放在信吾的面前時，

「要不要來一杯？」信吾替她倒茶。

「好。謝謝爸。」

這是前所未有的事，因此菊子鄭重坐下。

信吾看著菊子，

「腰帶和外套都是菊花圖案啊，菊花綻放的秋天已經過了。今年因為房子鬧出的問題，都忘了妳的生日。」

「這腰帶是四君子的圖案喔。一年四季都能用。」

「四君子是什麼？」

「梅蘭竹菊……」菊子爽朗地說，

「爸，您應該在哪看過，也知道吧。畫上有，和服也經常用這個圖案。」

「這種圖案太貪心了。」

菊子放下茶杯說，

「茶很好喝。」

「那個，那人叫什麼來著的，我給他送奠儀收到玉露茶當回禮，就又開始喝了。以前我常喝玉露。那時我們家不喝粗茶。」

修一這天早上已經先去公司了。

信吾在玄關穿鞋，一邊試圖回想以玉露茶作回禮的那個過世友人的名字。其實可以直接問菊子，他卻沒說。因為那個朋友是帶著年輕女人去溫泉旅館，猝死於旅館。

「阿照的確沒來呢。」信吾說。

「對，昨天和今天都沒來。」菊子回答。

阿照有時聽見信吾出門的動靜，會繞到玄關來，一路跟到大門外。

信吾想起，就在前幾天，菊子還在玄關摸過阿照的肚子。

「好可怕啊，肥嘟嘟軟綿綿的。」菊子蹙眉說，但是似乎還是想摸摸胎兒在哪裡。

「有幾隻？」

阿照用有點奇妙的白眼看菊子，然後躺下來，肚皮朝上。

阿照的肚子其實沒有大到菊子說得那麼可怕。皮好像變得比較薄的下腹已變成粉紅色。不過，乳頭根部積滿汙垢。

「乳房有十個？」

菊子說，於是信吾也用目光細數狗的乳房。最上方的那一對很小，彷彿萎縮了。

阿照有主人，掛著狗牌，可是主人似乎很少餵牠，讓牠成了野狗。牠就在主人家附近鄰居的廚房門口打轉。菊子早晚都把剩菜剩飯加一點阿照能吃的餵給牠後，阿照待在信吾家的時間就變多了。有時半夜聽到牠在院子一直叫，也會感覺阿照就此住下來了。不過，菊子倒還沒有把牠當成自家的狗。

而且牠生產時總是會回主人家。

所以牠昨天和今天沒來，菊子才會說，這次應該也是在主人家生了。

跑回主人家生產，讓信吾覺得有點可憐。

不料，這次牠竟然在信吾家的地板底下生了。整整十天都沒人發現。

信吾和修一一起從公司回來後，

「爸，阿照在我們家生孩子了。」菊子說。

「是嗎。在哪裡？」

「在傭人房的地板底下。」

「喔。」

家裡如今沒有女傭，因此三帖大的傭人房被當成倉庫堆放各種東西。

「我看阿照鑽到傭人房的地板底下，於是探頭一看，才發現好像有小狗。」

「是嗎，有幾隻？」

「黑漆漆的看不清楚。躲在很裡面。」

「這樣啊。在我們家生了啊。」

「媽之前就說，阿照在儲藏間那邊動作很奇怪，不停轉圈子，還想刨土。原來是在找生產的地方。如果給牠擺點稻草，牠大概會生在儲藏間。」

「等小狗長大就麻煩了。」修一說。

信吾也很欣慰阿照是在家中生產，但他的腦海隨即浮現不知怎麼處理野狗生的小狗，只好扔掉時的不快情景。

「聽說阿照在我們家生小狗了。」保子也說。

「我也這麼聽說。」

「說是在傭人房的地板下，家裡只有傭人房沒人住，可見阿照還挺會動腦筋的。」

保子窩在暖桌裡沒動，只是稍微皺眉仰望信吾。

信吾也鑽進暖桌，喝了粗茶後，對修一說，

「那個，上次你說谷崎要介紹過來的女傭，後來怎樣了？」

接著自己又倒了第二杯茶，

「那是菸灰缸喔，爸。」修一提醒他。

信吾誤把茶水倒進菸灰缸。

二

「未登富士吾已老。」信吾在公司咕噥。

驀然浮現的這句，似乎別具意味，因此他不禁反覆咕噥。

或許是因為昨晚夢見松島，才會浮現這種話。

信吾沒去過松島，卻夢見松島，這令他今早深感不可思議。而且他發現，自己到了這把年紀，居然連日本三景的松島和天橋立都沒去過。只有安藝的宮島，在旅遊淡季的冬天，他去九州洽公出差時，回程曾中途下車一訪。

夢境到了早上，就只記得零碎片段，唯獨島上的松樹和大海的色彩鮮明殘留。也很確定那就是松島。

夢中的信吾在松樹下的草原擁抱女人。畏懼地躲藏。兩人似乎避開了其他同行者。女人非常年輕。是個黃花閨女。夢中的自己不確定幾歲。不過就自己和女人在松樹之間奔跑的模樣看來，自己應該也很年輕。夢中的他擁抱女孩，似乎並未感到年齡差距。舉止就像年輕人。不過，他不認為是重返青春，也不像是從前的舊事。倒像是信吾保持現在六十二歲的樣子變成二十幾歲。這就是做夢最不可思議之處。

同行者的快艇在海上遠去。在那船上，一個女人站起來，拼命揮舞手帕。

蔚藍海色中，那條手帕的白色，直到夢醒後依然鮮明殘留。信吾和女人等於被單獨留在小島，卻絲毫未感到不安。信吾滿腦子只想著，他看得見海上的快艇，從快艇上卻看不見信吾兩人藏身處。

夢境就在白手帕的地方醒了。

早上起床後，他不知道夢中那個女人是誰。沒有臉孔也沒有身形。也沒有留下觸感。只有風景的色彩鮮明。不過，他不知道那裡為何是松島，也不知道自己為何會夢見松島。

信吾沒見過松島，也不曾搭船去過無人小島。

做夢有顏色該不會是神經衰弱吧，他很想問問家人，卻找不到機會開口。夢見和女人擁抱，令他很不自在。不過，保持現在年紀卻變年輕的自己，在夢中毫無不合理之處，非常自然。

夢中時間的不可思議，撫慰了信吾。

他覺得如果知道對方那個女人是誰，應該就能解開那個不可思議的謎團，

正當信吾在公司這麼不停抽菸時，有人輕輕敲門後開門，

「早。」鈴木走進來。

「我以為你還沒來。」

鈴木摘下帽子，掛到一旁。英子慌忙起身過來準備接下他的大衣，但鈴木沒脫大衣就在椅子坐下。信吾看著鈴木的禿頭就好笑。他連耳朵上也多了很多老人斑，看起來髒髒的。

「怎麼一大早就來了。」

信吾忍笑，看自己的手。信吾的手背至手腕一帶，有時也會有淡淡的斑點時隱時現。

「水田死得很幸福呢……」

「噢，水田。」信吾想起來了，

「對對對，我就是包奠儀給水田才拿到玉露茶當回禮，之後就又養成了喝玉露的習慣。他們家送的玉露不錯。」

「玉露固然不錯，死得幸福更令人羨慕。那種死法我以前倒是聽說過，但我沒想到會發生在水田身上。」

「嗯。」

「你不覺得令人羨慕嗎？」

「你也這麼胖又禿頭，很有希望變成那樣喔。」

「可是我的血壓不高。聽說水田害怕腦溢血，一個人的時候都不敢在外過夜。」

水田是在溫泉旅館猝死。喪禮時，老友們竊竊私語鈴木所謂的幸福死法。不過，雖說是帶著年輕女人上旅館，水田的死為何就會被這樣猜測，事後想想還真有點奇怪。不過那時候，也有點好奇那個女人有沒有出席喪禮。有人說那女人八成一輩子都會有陰影，也有人說如果女人愛他，那她應該會覺得是得償所願。

現在六十幾歲的這群人，在大學都是同一屆的，因此議論起八卦話題也是文謅謅的，在信吾看來是一種老醜。他們迄今仍會用學生時代的綽號和暱稱互稱。彼此都知道對方的年輕時代，不僅會有種親密和懷念，老朽的自我主義防護罩對此也有點排斥。之前水田還把死去的鳥山當笑話，結果他自己的死也成了笑話。

鈴木在喪禮時也再三感嘆那是幸福的死法，但信吾想像此人如果也如願那樣死去的情景，幾乎為之悚慄，

「不過，對老年人來說，那也太丟臉了。」他說。

「沒錯。我們已經不會夢見女人了。」鈴木也很平靜。

「你上過富士嗎？」信吾說。

「富士？你是說富士山？」

鈴木面露詫異。

「沒有。那又怎麼了？」

「我也沒上過。未登富士吾已老。」

「什麼？這句話有什麼猥褻的含意嗎？」

「放屁。」信吾噗嗤笑出來。

在門口附近桌上擺了算盤的英子也吃吃笑。

「如此看來，一輩子沒上過富士山，也沒看過日本三景就結束一生的人其

實很多呢。日本人當中上過富士山的不知有幾成。」

「誰知道，想必不到百分之一吧。」

鈴木又把話題轉回來。

「說到這點，水田那樣的幸運可是幾萬分之一、幾十萬分之一的機率。」

「等於中了頭獎嗎。不過他的家人應該不高興吧。」

「嗯，其實，說到他的家人，水田的老婆來找過我。」鈴木轉為言歸正傳的口吻，

「她委託我處理這玩意。」鈴木說著解開桌上的包袱。

「是面具，能劇面具。水田的老婆，叫我買下這玩意，所以我想給你看一下。」

「我可不懂面具。跟日本三景一樣，雖然知道日本有，卻還沒見過。」

有兩個面具盒子。鈴木從袋中取出面具，

「這個叫做慈童，這個據說叫做喝食。兩個都是小孩。」

「這是小孩？」

信吾拿起喝食，抓著穿過兩邊耳洞的紙繩打量。

「不是有畫瀏海嗎，銀杏型的。這表示是尚未成年戴冠的少年。而且有酒窩。」

「嗯——」

信吾自然而然伸長雙臂，

「谷崎小姐，把那邊的眼鏡拿給我。」他對英子說。

「不，我告訴你，這樣看就行了。能劇面具，就是要這樣略微把手向上伸長觀賞。我們老花眼的距離，反而恰到好處。這樣子，面具會顯得有點垂眼，產生陰影……」

「長得有點像某人呢。很寫實。」

鈴木一一解釋，讓面具向下垂眼叫做「打陰影」，表情會帶著憂愁；向上仰面抬眼叫做「照亮」，表情會顯得開朗。據說將面具向左右擺動叫做「操使」或「切面」云云。

「長得有點像某人。」信吾又說一次。

「不像少年，看起來像青年。」

「古時候的小孩早熟。況且所謂的童顏，在能劇裡會很奇怪。你仔細看清楚，這分明是少年。這個慈童，據說是精靈，想必象徵著永恆的少年。」

信吾依照鈴木所言晃動慈童的面具觀察。

慈童的瀏海，是像河童那樣參差不齊地披散著。

「怎麼樣，你就配合一下捧個場吧。」鈴木說。信吾把面具放回桌上。

「可是，人家是來拜託你，你自己買吧。」

「嗯，我也買了。其實他老婆一共拿了五個來，我買了兩個女面具，一個強迫推銷給海野，所以想叫你也買。」

「搞了半天，這是挑剩的啊。自己先買走女面具，太自私了吧。」

「你想要女面具？」

「就算我想要也沒了。」

「不然我把我買的拿來給你也行喔。只要你肯買，也算是幫了我的忙。水田畢竟是那樣死的，我看到他老婆，就覺得蠻可憐的不忍心拒絕罷了。不過，比起女面具，就作品本身而言這個好像更好喔。永恆的少年聽起來不錯吧。」

「水田死了，據說曾在水田家拿著這面具看了很久的鳥山也先走一步，想想挺不舒服的。」

「可是慈童的面具象徵永恆的少年，這不就好了嗎。」

「你去了鳥山的告別式嗎？」

「我有事沒去。」

鈴木站起來。

「那我走了，總之面具就留在你這裡，你慢慢欣賞吧。如果不中意，就幫我推銷給別人也行。」

「沒什麼中不中意，反正與我無緣。這面具好像挺不錯的，離開能劇，被我們鎖在盒子裡收藏，豈不是讓它失去生命？」

「無所謂啦。」

「價錢呢？很貴嗎？」信吾又追問。

「嗯。我怕忘記，讓他老婆寫下來了，就寫在那紙繩上。差不多就是那個價錢，但應該可以打折。」

信吾戴上眼鏡，想拉開紙繩看，可是眼前的景物變得清晰後，慈童的毛髮線條和嘴唇頓時顯得特別美，差點令他驚呼。

鈴木走後，英子湊到桌邊。

「很漂亮吧。」

英子默默點頭。

「妳戴上讓我看一下好嗎？」

「哎喲，我戴多奇怪啊。況且我穿的是洋裝。」英子說，但是信吾拿起面具後，她還是主動貼到自己臉上，把繩子在後腦綁緊。

「妳安靜地動動看。」

「好。」

英子就這樣乖乖站著，把面具轉來轉去。

「很好，很好。」信吾不禁說。光是這樣，面具就活了起來。

英子穿著豆沙色洋裝，捲髮從面具兩側冒出來，看起來格外可愛。

「可以了吧？」

「好。」

信吾立刻命英子去幫他買能劇的參考書籍。

三

喝食和慈童都有作者的名字，查閱書籍後得知，雖然不到室町時代那樣歷史悠久，卻是僅次於那個的大師之作。即便是第一次親手拿起能劇面具鑑賞的信吾，也覺得應該不是贋品。

「咦，挺可怕的。我瞧瞧。」保子戴上老花眼鏡看面具。

菊子吃吃笑。

「媽，您戴爸的眼鏡，沒問題嗎？」

「嗯。老花眼鏡這種東西，很隨便的。」信吾代為回答。「借誰的來戴，大致都能湊合著用。」

保子用的，是信吾從口袋取出的眼鏡。

「通常都是丈夫老花得比較快，但咱們家的老太太比我大一歲。」

信吾的心情很好。外套都沒脫就把腳伸進暖桌坐下。

「老花眼最可悲的，就是看不清食物。不知道端上來的是什麼菜。如果是細碎複雜的東西，有時無法分辨那到底是什麼。一旦開始有老花眼，這樣端起飯碗時，飯粒都會變模糊，無法粒粒分明地看清楚。實在很沒意思。」信吾說著，也盯著面具看得入神。

但他察覺菊子把和服放在膝前，正在等他換衣服。也察覺今天修一又沒有回來。

信吾站起來換衣服時，還在俯視暖桌上的面具。

不過，今天多少也是藉著這樣迴避看菊子的臉。

菊子從剛才就不肯靠近面具看，只是若無其事地替他收拾西裝，八成是因為修一沒回來吧，信吾的心頭蒙上陰影。

「我總覺得挺可怕的，好像人頭。」保子說。

信吾回到暖桌坐下。

「妳覺得哪個好？」

「應該是這個比較好吧。」保子不假思索回答，拿起喝食面具。

「因為像活人一樣。」

「嗯——是嗎。」

信吾覺得保子的當下反應很無趣，

「創作時代是一樣的，只是作者不同。是豐臣秀吉那時候的。」他說，把臉伸到慈童面具的正上方。

喝食是男性面孔，眉毛也很男性化，但慈童看起來比較中性，眉眼之間距離很寬，溫婉的新月眉也近似少女。

從正上方湊近一看，那宛如少女的光滑肌膚，隨著信吾的老花眼失焦模糊，產生人體肌膚的暖意，面具生動地展露微笑。

「啊！」信吾倒抽一口氣。他把臉湊近三、四寸的近處，只見活生生的女子嫣然微笑。那是美麗清純的微笑。

眼睛和嘴巴的確栩栩如生。空洞的眼窩鑲嵌著黑眸。朱唇濡濕看似楚楚可憐。信吾屏息，快要碰到鼻子時，黑多白少的眼睛從下方浮現，下唇肉豐潤隆起。信吾差點和面具接吻。他長吐一口氣，把臉離開面具。

一旦離開就覺得彷彿一場夢。好一陣子只能粗重呼吸。

信吾悶不吭聲把慈童面具裝進袋子。那是紅底金線織花的袋子。喝食的袋子交給保子。

「幫我裝起來。」

色彩古典的口紅從唇邊逐漸朝內變淡，就連慈童的下唇深處，信吾彷彿都看見了。小嘴微張，下唇沒有牙齒。那是宛如雪上花苞的嘴唇。

把臉貼近到幾乎碰觸地近距離觀看，對能劇面具想必是不成體統的邪門歪道。或許是面具作者沒想到的觀賞方式。然而，以能劇舞台上的適當距離看起來最生動的面具，即便在剛才那種極端近距離下也依然最生動，讓信吾感到那或許是面具作者的愛的祕密。

那是因為信吾自己感到老天爺亂點鴛鴦譜似的怦然心動。而且，它之所以比人類女性更嫵媚嬌艷，或許還是因為自己的老花眼，令他有點想笑。

不過，在夢中擁抱年輕女孩，覺得戴面具的英子楚楚可憐，還差點和慈童接吻，信吾試著思索，做出這一連串可疑行為，是否是因為有什麼東西令他心旌搖曳。

信吾出現老花眼的症狀後，就不曾和年輕女子臉貼臉。以老花眼看來或許也別有一種霧裡看花的溫婉風味。

「這個面具，就是送玉露茶當作奠儀回禮的那個，妳忘啦，就是在溫泉猝死的水田昔日的收藏。」信吾對保子說。

「挺可怕的。」保子再次強調。

信吾把威士忌倒進粗茶喝。

菊子在廚房切鯛魚火鍋要用的蔥花。

四

歲末的二十九日早上，信吾一邊洗臉，一邊看著阿照把小狗全帶出來曬太陽。

小狗從傭人房的地板底下爬出來後，還是搞不清楚有四隻還是五隻。菊子有時會迅速抓住爬出來的小狗抱進屋裡，小狗被抱住後，倒是很老實，可是看到人就會逃進地板底下，也不會全體出來院子，因此菊子也有時說是四隻，有時說五隻。

早晨的陽光下，可以確定小狗有五隻。

和信吾之前看到麻雀與畫眉混雜時一樣，同樣在山腳。躲空襲警報時在那裡挖了洞，挖出來的土就堆在一旁，戰時也曾在那裡種菜。現在似乎成了小動物早上曬太陽的地方。

畫眉與麻雀啄過的芒草已乾枯，卻仍保持堅挺的本來姿態，從山腳遮蔽了土堆。土堆上長滿柔軟的雜草，阿照選中那裡的智慧，令信吾深受觸動。

人類起床前，以及起床後忙著盥洗弄飯時，阿照就把孩子帶去好地方，沐浴著晨光給孩子餵奶。悠哉享受不會被人類打擾的片刻時光。起初信吾這麼想，為那幅小陽春圖莞爾。雖是歲末二十九日，鎌倉的陽光仍是小陽春。

可是再仔細一看，五隻小狗正互相推擠搶奪乳房，用前腳的腳掌壓著乳房像壓幫浦似的擠出乳汁，小狗充分發揮了強悍的動物本能。而阿照或許因為小狗已長大到可以爬上土堆，只見牠不時搖晃身體或把肚子貼地不讓小狗喝奶。阿照的乳房，已被小狗的爪子抓出紅色刮痕。

最後阿照站起來，把乳房上的小狗甩掉，跑下土堆。一隻緊咬不放垂掛在乳房上的小黑狗，順勢從土堆滾下來。

小狗滾落的高度足足有三尺，因此信吾大吃一驚。若無其事爬起來的小狗，站在原地也愣了一下，隨即邁步走出，嗅聞泥土的氣味。

「咦？」信吾思忖。這隻小狗的模樣感覺是此刻頭一次見到，卻又覺得以前看過完全一樣的狗。信吾想了一會。

「對了。是宗達[1]的畫。」他咕噥。

「嗯——了不起。」

信吾只看過一眼宗達畫小狗的水墨畫圖片，當時只覺得小狗像是圖案化的

1 宗達，江戶初期的畫家，通稱為野野村宗達。

玩具，現在發現那竟是生動的寫實不禁吃驚。只要在剛剛看到的小黑狗身上加上品格和優美，就和那幅畫一模一樣了。

信吾又聯想到喝食的面具風格寫實，讓他覺得很像某人。創作那個喝食面具的人和畫家宗達，是同一個時代的人。宗達畫的是按照現在說法屬於雜種的小狗。

「喂，快來看。小狗全都出來了。」

四隻小狗裹足不前似乎很害怕地從土堆下來了。

信吾很期待，可是小黑狗和其他小狗，再也沒有展現宗達那幅畫的模樣。

信吾想，無論是小狗變成宗達的畫作，或是慈童面具變成活生生的女人，抑或這兩者顛倒，或許都是不經意間的啟示。

信吾把喝食面具掛到牆上，慈童面具卻像要藏起祕密似的放進櫃子深處。

保子和菊子都被信吾喊到盥洗間來看小狗。

「怎麼，你們洗臉的時候都沒發現嗎？」被信吾這麼一說，菊子把手輕輕放在保子的肩頭，從保子身後探頭看，

「女人早上很忙，對吧，媽？」
「就是啊。阿照呢？」保子說。
「撇下小狗像走失或被遺棄似的滿地亂走，牠自己去哪了？」
「要扔掉這些小傢伙時一定很捨不得。」信吾說。
「有兩隻已經找到好人家了。」菊子說。
「是嗎。有人要？」
「對。其中一家是阿照的主人。他說想要母狗。」
「什麼？阿照變成野狗了，所以想拿牠的小孩代替？」
「好像是。」
菊子先回答了保子之前的問題：「媽，阿照應該是去哪吃飯了。」然後才對信吾解釋：
「阿照這麼機靈，附近鄰居都很驚訝。牠很清楚這一帶每家的吃飯時間，聽說到了時間就會準確地挨家挨戶討東西吃。」
「噢，這樣子啊。」

信吾有點失望。最近早晚餵飯，他還以為已經把阿照養熟了，原來阿照到了飯點還是會四處去附近鄰居家討飯吃啊。

「正確說來，不是到了飯點，是大家吃完飯收拾的時間。」菊子如此補充。

「只要遇到鄰居，對方都會說『聽說這次阿照在府上生產啊』，然後就說起阿照的種種行為。附近的孩子們也是，爸您不在家時，他們還來要求看阿照的小孩呢。」

「原來牠這麼受歡迎啊。」

「對了，還有位太太講話才好玩呢。她說這次阿照跑來我們家生產，所以我們家也將有新生兒誕生。還說阿照這是在催促少奶奶，說這是喜事呢。」保子這麼一說，菊子臉紅了，放在保子肩頭的手縮回。

「哎呀，媽。」

「我只是說鄰居太太有這樣說。」

「哪有人把狗和人相提並論的。」信吾說，但這話同樣說得不妥。

但菊子抬起低垂的臉，

「雨宮家的老爺爺非常擔心阿照。還上門來拜託，請求我們家收留阿照。他說得情真意切，害我都不知如何是好。」

「是嗎。收養阿照也可以呀。」信吾回答。

「反正牠都已經來我們家了。」

所謂雨宮家，就是阿照主人的隔壁鄰居，事業失敗後賣掉房子搬去東京了。雨宮家原先收留了一對老夫婦，幫忙做點家中雜務，由於東京的房子太小，老夫婦就被留在鎌倉，租房子住。那個老人就被鄰居稱為雨宮家的老爺爺。

阿照最親近這個雨宮家的老爺爺。老人搬去租屋處後，還會回來看阿照。

「那我立刻告訴老爺爺。他一定會很安心。」菊子說完就走了。

信吾沒看菊子的背影。他的目光跟著小黑狗，頓時發現窗邊倒了大棵的野薊。花已經沒了，從花莖根部折斷，可野薊依然翠綠。

「野薊真強悍。」信吾說。

冬櫻

一

除夕那晚半夜下起雨，元旦是雨天。

從今年起改成按實歲計算，因此信吾變成六十一，保子六十二。

元旦通常晚起，可是房子的小孩里子一大早在走廊奔跑的聲音，吵醒了信吾。

菊子早已起床。

「里子，妳過來。我們去烤年糕湯的年糕好不好。里子也來幫忙。」菊子說著，大概想把里子喊去廚房，以免小孩在信吾臥室外的走廊跑來跑去，可是里子充耳不聞，繼續啪嗒啪嗒在走廊奔跑。

「里子，里子。」房子從被窩呼喚。里子也沒理會母親。

保子也醒了，對信吾說，

「元旦下雨呢。」

「嗯。」

「里子都起來了，房子還在睡，所以做媳婦的菊子才不得不起床吧。」

保子說「不得不」時舌頭有點不靈光，讓信吾覺得好笑。

「我也很久沒有在元旦被小孩吵醒了。」保子說。

「今後天天都會這樣。」

「那可不見得。相原家沒有走廊，所以來到我們家，她可能是一時新奇才跑來跑去。等她稍微習慣之後，我想就不會用跑的了。」

「會嗎？那個年紀的小孩，都喜歡在走廊奔跑吧？小孩喜歡那種啪嗒啪嗒好像被地板吸住的聲音。」

「那是因為小孩的腳軟。」保子說著，豎起耳朵聽里子的腳步聲，「里子今年本來該五歲了，這下子變成三歲，她好像有點一頭霧水。我們無論是六十四還是六十二，倒是沒有太大差別。」

「不過，這妳就錯了。這下子出現一樁怪事。我的出生月分比妳早，所以從今年起，會有跟妳同齡的時候。從我的生日到妳的生日之間，不就等於是同齡？」

「啊，對喔。」

保子也發現了。

「怎樣，這是大發現吧。是畢生奇事。」

「是啊。不過都這把年紀了，就算變成同齡也不能怎樣。」保子嘀咕。

「里子。里子。里子。里子。」房子又在喊女兒。

里子跑膩了，似乎回到房子的被窩。

可以聽見房子說「妳看妳腳這麼冰」。

信吾閉上眼。

安靜片刻後，保子說，

「那孩子，要是等大家都起床了看著她，她再那樣跑就好了。大家都在場的時候，她反而總是沉著臉不吭聲，一直黏著媽媽。」

兩人或許正在互相試探對這個外孫女的感情。

至少信吾認為自己的感情正被保子試探。

也或許是信吾在刺探信吾自己。

里子啪嗒啪嗒跑過走廊的腳步聲，在沒睡好的信吾聽來很刺耳，但也並未太生氣。

不過，也沒感到「那是小孫女的腳步聲」那種溫馨。或許信吾的確缺乏溫情。

信吾沒發現，里子奔跑的走廊，連遮雨窗都還沒打開，黑漆漆的。保子似乎立刻就察覺了。這也成為保子憐憫里子的原因。

二

房子的婚姻不幸給女兒里子造成陰影。信吾對此當然也有點憐憫，但是頭疼的地方更多。因為對於女兒的婚姻失敗，他束手無策。

信吾甚至訝異，居然會這樣一籌莫展。

關於出嫁的女兒的婚姻生活，娘家父母已無能為力，但是到了只能離婚的地步，才後知後覺地發現女兒自身有多麼無力。

和相原離婚，帶著兩個孩子的房子，並非只要娘家父母收留就能解決一切。房子內心的創傷未癒。房子的生活也無法自立。

女人的婚姻失敗，難道沒有解決之道嗎？

房子秋天離開相原後，沒有回娘家，反而去了信州的老家。直到鄉下那邊打電報，信吾他們才知道房子已離開夫家。

房子被修一帶回來。

在娘家待了一個月後，房子說要和相原清楚做個了斷就出門了。

即便再三勸她還是由信吾或修一出面和相原談比較好，房子仍舊堅持要自己去。

保子勸她，不如把小孩留在家裡，

「問題不就在於怎麼處理小孩嗎。孩子最後會歸我還是給相原，現在還很難說呢。」房子歇斯底里地咄咄逼人。

結果她就此一去不回。

不管怎樣，畢竟是夫妻之間的事，因此信吾他們甚至不確定是否該默默等待幾天，就這樣坐立不安地過了一天又一天。

房子也毫無消息。

該不會又打算和相原復合吧。

「房子會不會就那樣拖拖拉拉地藕斷絲連啊。」保子說。

「現在不就是我們這邊拖拖拉拉嗎。」信吾回答，兩人都沉著臉。

結果房子突然在除夕當天回來了。

「哎喲。這是怎麼回事？」

保子驚嚇地看著房子和小孩。

房子想把雨傘收起，可是手一直抖，傘骨似乎也斷了一兩根。

保子看了說，

「在下雨嗎？」

菊子連忙走過去抱起里子。

保子本來在菊子的協助下，正忙著把燉煮的什錦年菜裝進套盒。

房子就從廚房門口走進來。

信吾以為房子是來討零用錢的，但似乎並不是。

保子也擦乾手，去了起居室，就這麼站著打量房子

「相原居然讓妳在除夕夜回娘家。」她說。

房子默默流淚。

「算了。趁這機會清楚了斷。」信吾說。

「是嗎。不過，我真奇怪居然有人會在除夕夜被趕出家門。」

「是我自己離開的。」房子含淚反駁。

「是嗎，那就好。就當妳是想在家裡過年才回來吧。是我說錯話。我道歉。總之那件事等過完年之後再慢慢商量吧。」

保子去廚房了。

信吾有點被保子的說話態度震懾，也感到母親特有的關愛。

房子在除夕夜從後門回娘家，里子元旦早上在昏暗的走廊跑來跑去，保子都立刻感到憐憫姑且不提，可是信吾懷疑，她那樣是否也有點在顧忌信吾。

元旦早上，房子起得最晚。

大家甚至坐在餐桌前聽著房子漱口的聲音等候，但房子又花了很長的時間化妝。

閒著也是閒著，

「喝屠蘇酒[1]前先來一杯。」修一給信吾的杯子斟上日本酒。

「爸的頭髮也都白了呢。」

「是啊。到了我們這個年紀，一天之內就會長出很多白髮。別說是一天了，看著看著，頭髮就在眼前變白了。」

「怎麼可能。」

「是真的。不信你看。」信吾說著，把腦袋稍微向前伸。

保子和修一一起看著信吾的腦袋。菊子也神情嚴肅地凝視信吾的頭。

菊子的膝上抱著房子的小女兒。

1 屠蘇酒，日本在正月新年會喝屠蘇酒消災去邪，祈求長壽。

三

為了房子和小孩又擺了一張暖桌，菊子坐到那邊去了。

保子從旁鑽進信吾與修一對坐喝酒的暖桌。

修一在家很少喝酒，不過或許是因為元旦下雨，不小心喝得過量，只見他無視父親只顧著給自己斟酒，眼神也變了。

信吾已聽說修一在絹子家喝得爛醉，命絹子的女室友唱歌，因此惹哭絹子之事，現在看到修一醉醺醺的眼神，又想起那個。

「菊子，菊子。」保子喊道。

「給我們這邊也拿點橘子。」

菊子拉開紙門拿橘子來，

「妳也來這邊坐嘛，父子倆默不吭聲在喝酒呢。」保子說。

菊子瞄修一一眼，轉移話題，

「爸沒有喝吧。」

「哎，我剛剛思考了一下關於爸的一生。」修一像要發動某種攻擊般嘟囔。

「關於一生？一生的什麼？」信吾問。

「雖然很籠統，不過如果硬要做出結論，大概是一生究竟算成功還是失敗吧。」修一說。

「那種事，誰知道……」信吾反駁，

「不過，今年正月，小魚乾和伊達卷[2]大致都恢復戰前的味道了。就這個角度而言，可以算是成功吧。」

「小魚乾和伊達卷？」

「沒錯。差不多也就這樣吧。如果照你說的思考一下父親的一生的話。」

「說是一下也太——」

「嗯。平凡人的生涯，就是想到今年也要活下去，吃到新年的小魚乾和鹽

2 伊達卷，把魚漿加入蛋液做成的煎蛋卷，和小魚乾、鯡魚卵都是日本新年必吃的年菜。

漬鮭魚卵吧。不是死了很多人嗎。」

「那倒是。」

「不過，父母一生的成功或失敗，似乎也要視兒女的婚姻是否成功來決定，這點我就沒輒了。」

「這是爸的真實感受？」

保子抬起眼，小聲說，

「大過年的，別說這個了。房子在呢。」接著問菊子，

「房子呢？」

「大姊在睡覺。」

「里子呢？」

「里子和寶寶也是。」

「哎呀，他們母女三人睡著了啊。」保子說著，愣住了。臉上出現老年人的天真。

門打開了，菊子去看，是谷崎英子來拜年。

「哎呀，這麼大的雨還來。」

信吾很驚訝，不過這聲「哎呀」似乎是被剛才保子的語氣傳染。

「谷崎小姐說她不進來了。」菊子說。

「噢？」

信吾起身去玄關。

英子抱著大衣佇立。她穿著黑色天鵝絨服裝。似乎修過臉，妝化得很濃，微微弓腰的姿勢，看起來更嬌小了。

英子有點拘謹地打招呼。

「這麼大的雨，難為妳還來。今天誰也沒來，我也不打算出門。天氣冷，進來坐坐吧。」

「是。謝謝您。」

英子是冒著寒冷的風雨走路過來的，因此信吾無法判斷，她只是做出訴苦的姿態，還是真的有話要說。

總之，感覺她冒著這麼大的雨來訪很辛苦。

英子不肯進屋。

「那我也拋開猶豫出門吧。我們一起走，妳先進屋等我一下好嗎。至少板倉先生那邊，我每年元旦都要去露個面。他是前任社長。」

信吾從今早就在惦記，看到英子來訪才下定決心，於是匆忙換衣服準備出門。

信吾起身去玄關後，修一似乎就躺下了，信吾回來開始換衣服，他又坐起來。

「谷崎來了。」信吾說。

「噢。」

修一似乎漠不關心，並不打算見英子。

信吾要走時，修一抬起臉，以目光追逐父親的身影。

「您得趁著天黑之前回來。」

「好，我會早點回來。」

阿照又繞到門口。

不知從哪鑽出來的小黑狗也模仿母狗，在信吾前面朝大門跑，頓時搖搖晃晃快摔倒。身上半邊毛都濕了。

「啊，真可憐。」

英子作勢朝小狗蹲下。

「我家生了五隻小狗，有四隻已經找到人家送走了。只剩這一隻。」信吾說。

「這隻也說好要給人了。」

橫須賀線的乘客不多。

信吾從電車窗口看著橫掃而來的雨腳，心想自己還真有勇氣出門，感覺有點痛快。

「每年去八幡神社拜拜的人都把電車擠得水泄不通。」

英子點頭。

「對了，妳每年也都是元旦來我家。」信吾說。

「唔。」

英子垂首片刻。

「就算不在公司了，我希望元旦也能繼續去府上拜年。」

「等妳結婚以後就來不了了吧。」信吾說，

「妳怎麼了？是不是有話來找我說？」

「沒有。」

「妳儘管說沒關係。我現在腦子遲鈍，有點老糊塗了。」

「您又裝傻。」英子的話說得奇怪。

「不過，我想請您批准我辭職。」

信吾並非毫無預期，但他不知如何回答。

「這種事，本來不該正月初一就來拜託您。」英子老實乖巧地說。

「改天等您有空再說。」

「是嗎。」

信吾的心情蒙上陰影。

在自己辦公室工作三年的英子，似乎突然變成另一個女人。顯然和以往不同。
不過，他平時其實也沒仔細觀察過英子。對信吾而言想必只不過是個女事務員。
信吾的第一反應當然是想挽留英子，但是信吾根本不可能左右英子。
「妳說要辭職，但我應該也有責任吧。讓妳帶我去修一的外遇對象住處，惹妳不高興，而且在公司見到修一也會很難堪吧。」
「我的確不高興。」英子坦白說。
「不過事後想想，您身為父親那樣做是理所當然。況且，我也很清楚自己有錯。讓修一先生偶爾帶去跳舞，甚至得意忘形，去絹子小姐家玩。是我墮落了。」
「墮落？沒這麼嚴重吧。」
「我變壞了。」英子看似悲傷地瞇起眼，
「如果離職，為了感謝您的照顧，我會去懇求絹子小姐離開。」
信吾很驚訝。也有點不自在。

「剛才我不是在玄關見到了少夫人嗎？」

「妳說菊子？」

「是。我很難過。我已下定決心，一定要對絹子小姐說。」

信吾彷彿能感到英子的輕快，自己的心情似乎也變得輕快。

信吾驀然想到。說不定，這輕快之手，能夠意外地解決問題。

「不過，我沒資格開口拜託妳這件事。」

「是我為了報恩，自己決心這樣做的。」

英子的小嘴說出誇大的言詞，令信吾總覺得渾身不自在。

信吾也有點想說，這種臨時起意的多管閒事還是省省吧。

但英子似乎被自己的「決心」感動了。

「都已經有那麼好的太太了，我真不懂男人在想什麼。看他和絹子小姐嬉鬧，我覺得很討厭，但如果是太太，就算是感情再怎麼恩愛，我也不會吃醋。」英子說。

「可是，不會對別的女人吃醋的女人，男人也會感到不滿足吧？」

信吾苦笑。

「他經常說太太是小孩、是小孩。」

「對妳說嗎？」信吾尖聲說。

「是，對我和絹子小姐都說過……修一先生說，因為太太是小孩，老爸才特別喜歡。」

「荒唐！」

信吾不禁看著英子。

英子有點慌張，

「不過，最近沒這樣說了。最近，修一先生都沒提到太太。」

信吾氣得幾乎發抖。

信吾察覺，修一是在說菊子的身體。

修一希望新婚妻子像個蕩婦？在信吾看來，那是驚人的無知，其中似乎也有可怕的精神麻木。

修一把妻子的隱私告訴絹子，甚至是英子，這種不檢點或許也是來自這種麻木。

信吾感到修一很殘忍。不只是修一，絹子、英子對菊子都很殘忍。

修一難道沒有感受到菊子的純潔嗎？

身為老么的菊子，那纖細白皙的稚嫩臉孔，浮現信吾的腦海。

為了兒媳，在感覺上憎恨兒子，信吾自己也察覺這樣有點不正常，卻無法克制。

由於愛慕保子的姊姊，在姊姊死後，就和比他大一歲的保子結婚的信吾，這種自身的異常或許一直潛伏在人生的底層，如今為了菊子而爆發？

修一新婚不久就出軌，似乎令菊子不知該從何嫉妒，但在修一的麻木和殘忍下，不，正因如此好像反而讓菊子內在的女性覺醒了。

信吾認為英子是比菊子還發育不良的女孩。

到頭來，自己的某種寂寥，會壓抑住自己的憤怒嗎？信吾沉默了。

英子也沉默地脫下手套，撫平頭髮。

四

熱海的旅館院子，一月中旬有櫻花盛開。

那叫做寒櫻，據說是從年底開始開花，但信吾感到彷彿置身另一個世界的春天。

信吾把紅梅誤認為緋桃花。白梅則看似杏花之類的花。

還沒進旅館房間，信吾就先被池面倒映的櫻花吸引，他去了那水岸。站在橋上賞花。

他走去對岸看傘狀的紅梅。

紅梅下方逃出三、四隻鴨子。鴨子黃色的嘴巴，和顏色略深的黃色腳掌，令信吾感到春意。

明天要招待公司的客戶，因此信吾先過來準備。和旅館議妥安排之後就沒事了。

他坐在走廊的椅子，眺望繁花似錦的院子。

白杜鵑也開花了。

可惜十國嶺那邊飄來凝重的雨雲，信吾只好進房間。

桌上放了懷錶和手錶。手錶快兩分鐘。

兩支錶的時間很少吻合。他有時會耿耿於懷。

「如果在意，只帶其中一支不就好了？」被保子這麼一說，雖覺得有道理，但長年來已經習慣了。

晚餐前下起頗有暴風雨架勢的大雨。

由於停電，他很早就睡了。

醒來時，院子有狗在叫。風雨聲猶如海浪咆哮。

額頭冒汗。彷彿春天海邊的暴風雨，室內空氣凝重混濁，悶熱，幾乎喘不過氣。

信吾一邊深呼吸，忽然萌生是否會吐血的不安。六十歲那年吐過一次血，之後就安然無事。

「不是胸部，是胃部不舒服。」信吾對自己咕噥。

耳朵堵塞討厭的東西，沿著兩邊太陽穴，堆積到額頭。信吾按摩後頸和額頭。

海鳴般的聲音是山間狂風呼嘯，風雨的尖端掃過那聲音之上的聲音也逐漸逼近。

在那種狂風呼嘯聲的底層有遙遠的聲音轟然傳來。

那是火車經過丹那隧道的聲音。信吾早已知道。而且肯定是那樣沒錯。火車鑽出隧道時，會響起汽笛聲。

不過，聽到汽笛聲後，信吾忽然感到害怕，於是徹底醒了。

那個聲音持續非常久。穿過七千八百公尺長的隧道，火車如果要費時七、八分鐘，那麼信吾應該是從火車鑽進隧道入口時開始聽見的。可是，當火車一鑽進函南的對面入口，距離靠近這邊的熱海隧道口足足有七百米的旅館，就能夠聽見隧道內的聲音嗎？

伴隨那個聲音，信吾的腦中，的確感到火車正穿過漆黑的隧道。從火車打那頭進入到鑽出這頭出口之間，他一直這麼感覺到。火車出隧道時，信吾也跟著鬆了一口氣。

不過，此事很可疑。他打算等天亮後，問問旅館的員工，再打電話問一下車站。

好一陣子睡不著。

信吾在半夢半醒中聽見「信吾小哥，信吾小哥」這個呼喚聲。會這麼喊他的，只有保子的姊姊。信吾渾身發麻似地甜蜜醒來。

「信吾小哥，信吾小哥，信吾小哥。」

那個聲音在後窗下，偷偷呼喚。

信吾倏然驚醒。後面小河的水聲響亮。有孩子們的聲音。

信吾爬起來，打開後面的遮雨窗。

晨光明亮。冬季的朝陽彷彿被春雨淋濕後的暖光。

小河對岸的路上，聚集了七、八個上小學的孩童。

剛才的呼喚或許是孩子們呼朋引伴的聲音。

不過，信吾還是探出上半身，以目光試著搜尋小河這頭岸邊的矮竹叢中。

朝水

一

正月元旦，兒子修一說信吾的頭髮也都白了時，信吾回答到了他們這個年紀，一天之內就會白髮增生，別說是一天了，看著看著，頭髮就在眼前變白。

那是因為他想起了北本。

說到信吾的老同學，現在都已年過六旬，在戰爭中期至戰敗後命運跌落谷底的人並不少。五十幾歲通常已身居高位，因此一旦走下坡就很慘，而且失敗後也很難東山再起。那也是兒子死於戰火的年齡。

北本也失去了三個兒子。公司的業務轉向戰爭需求時，北本成了派不上用場的技術員。

「他在鏡子前面拔著白頭髮，好像漸漸就瘋了。」

一名老友來公司找信吾，說起北本的消息。

「也不去上班，變得很清閒，所以起初他家裡的人也沒放在心上，以為他大概是為了解悶才拔白頭髮。只覺得他其實不用那麼在意……可是，北本天天蹲在鏡子前面。明明記得昨天剛拔過的地方，隔天又有白頭髮。或許真的是已經多到拔都拔不完了。北本在鏡前的時間一天比一天長。只要沒看到他的人影，就是在鏡前拔頭髮。稍微離開鏡子一下，就會坐立不安立刻跑回去。總之拔個不停。」

「虧他那樣還沒有禿頭。」信吾想笑。

「哎，這可不是好笑的事。你說對了。最後他一根頭髮也沒了。」

信吾終於笑了。

「我告訴你，那是真的沒騙人。」友人說著與信吾對視，

「拔白頭髮的過程中，北本的頭髮據說漸漸都白了。只要拔掉一根白髮，旁邊的黑髮就會有兩三根倏然變白。北本等於是一邊拔白髮，一邊直視鏡中白髮反而更多的自己。而且是用那種難以形容的眼神。他的頭髮就這樣醒目地變少了。」

信吾忍笑，

「他老婆就任由他拔頭髮都沒意見？」他問，但友人一本正經地繼續說道，

「最後頭髮所剩無幾。據說剩下那一點點頭髮也已經全都白了。」

「一定很痛吧。」

「你說拔的時候？為了避免拔到黑髮，是一根一根小心拔，所以拔的時候不會痛。不過，拔了那麼多頭髮後，頭皮似乎會緊縮，醫生說，用手摸頭的話應該會痛。雖然沒有流血，但是禿掉的腦袋上頭皮紅腫。最後終於被送進精神醫院。剩下寥寥無幾的頭髮，據說北本也在醫院拔光了。很恐怖吧。真是可怕的執念。不想衰老。想重返青春。到底是因為瘋了才開始拔白頭髮，還是拔太多白頭髮才開始發瘋，還真有點難說。」

「不過，後來有起色了吧？」

「有起色。奇蹟發生了。光禿禿的腦袋，開始長出一叢叢烏黑的頭髮。」

「這倒是個精彩的故事。」信吾又笑了出來。

「是真的啦，不騙你。」友人沒有笑，

「瘋子沒有年齡。我們如果瘋了，說不定也會恢復青春。」

友人接著注視信吾的腦袋。

「我是已經絕望了，你倒是很有希望。」

友人已經童山濯濯。

「那我也試著拔拔看吧。」信吾嘟囔。

「你拔拔看。不過，你應該沒有那種一根不剩拔個精光的熱情吧。」

「沒有。我根本不在意白頭髮。也沒有瘋狂地想讓頭髮變黑。」

「那是因為你的地位安穩。在芸芸眾生的苦難與災厄中，你輕易就閃避過來了。」

「你說得倒簡單。這就像是對北本說，與其拔那拔都拔不完的白頭髮，不如染髮更簡單。」信吾說。

「染髮是自欺欺人。就是因為會想著自欺欺人，所以我們身上不可能出現北本那種奇蹟。」友人說。

「可是，不是聽說北本死了嗎？就算發生了你說的那種奇蹟，頭髮重新變黑又怎樣……」

「你去參加喪禮了嗎？」

「我當時不知道。是戰爭結束稍微穩定下來之後才聽說。就算知道，當時正是空襲最猛烈時，恐怕也不可能去東京。」

「不自然的奇蹟，不可能長久。北本拔掉白髮，或許是在反抗年齡的增長，反抗沒落的命運，但是說到壽命那似乎又是另一回事了。就算頭髮變黑，也不可能延長壽命。說不定其實是反效果。白髮之後要重新長出黑髮，得消耗很多精力，或許因此縮短了壽命。不過，北本拼命的冒險，對我們來說也無法置身事外。」友人做出結論，搖搖頭。光禿禿的頭頂上，旁邊的頭髮像簾子一樣拉過來遮住。

「最近無論見到誰，都是滿頭白髮。我自己也是，戰時還沒那麼嚴重，戰後就全白了。」信吾說。

信吾並沒有完全聽信友人的說詞。他只當成是被加油添醋的八卦傳聞。

然而，北本的死，他也從別處聽說，是確有其事。

友人離開後，信吾獨自回想剛才的話題，產生了某種奇妙的心理。他開始覺得，如果北本死亡是事實，之前北本的白髮重新長出黑髮應該也是事實。長出黑髮如果是事實，之前北本發瘋應該也是事實。發瘋如果是事實，之前北本把頭髮都拔光應該也是事實。把頭髮拔光如果是事實，北本照鏡子之際，頭髮倏然變白應該也是事實。如此看來，友人說的話豈不都是事實嗎？信吾暗自一驚。

「剛才忘記問那傢伙了，不知北本死時是什麼樣子。頭髮是黑的，還是白的呢？」

信吾說著笑了，說話和發笑時都沒有發出聲音。只有自己聽見。

就算友人說的全是事實，毫無誇大之處，他的語氣也有點嘲弄北本吧。老人輕薄且殘酷地談論另一個死掉的老人。信吾感到很不是滋味。

信吾的老同學之中，死法不正常的，就是這個北本，還有水田。水田和年輕女人去溫泉旅館，猝死當地。信吾去年年底，被迫買下水田遺留的能劇面具，而雇用谷崎英子，應該也算是為了北本。

水田是戰後死的，因此信吾得以參加喪禮。可是，北本死於空襲時期，是後來才聽說，谷崎英子拿著北本女兒寫的介紹信來公司時，信吾才知道，北本的家屬去岐阜縣避難後一直留在那邊。

英子據說是北本女兒的同學。不過，北本的女兒為了那種同學的就業問題來拜託信吾，令他感到非常突兀。信吾沒見過北本的女兒。英子也說開戰後就沒再見過北本的女兒。信吾覺得這兩個女孩太輕浮。如果是北本的女兒找母親商量後，北本太太想起信吾，那她應該自己寫信才對。

黃毛丫頭寫的介紹信，信吾並不覺得有責任。

再一看被介紹來的英子，似乎也是個身形單薄、心態輕浮的女孩。

不過，信吾還是雇用了英子，讓她在自己的辦公室工作。英子做了三年。

三年的時間過得很快，但是後來信吾想，還真虧英子能堅持三年。那三年之中，英子和修一去跳舞也就算了，居然還去修一的外遇對象家。信吾甚至曾叫英子帶路，去看過那個女人的住處。

這些事情，最近似乎壓得英子喘不過氣，所以才不想留在公司。

信吾沒有和英子談過北本。英子應該不知道朋友的父親發瘋去世。想必並非交情深厚到有家庭往來的好友。

信吾原本認為英子是個輕浮的女孩，但是看她決定離職，令信吾感到英子也有小小的良心與善意。那種良心與善意，由於她還未婚，也顯得特別乾淨。

二

「爸。您這麼早就起來了。」

菊子倒掉自己正要洗臉的水，替信吾重新在臉盆裝水。

鮮血滴滴答答滴落水面。血絲在水中擴散淡去。

信吾當下想起自己輕微的吐血症狀，但那血比自己的血漂亮，他以為菊子也吐血了，結果是流鼻血。

菊子拿毛巾按住鼻子。

「抬頭，抬頭。」信吾說著伸手去摟菊子的背部。菊子想閃避，向前踉蹌了一下。信吾抓住她的肩膀，把她向後拉，然後把手放到菊子的額頭，讓她仰起臉。

「啊。爸，我沒事。不好意思。」

菊子說話時，一絲鮮血從手掌滑向手肘。

「別動，蹲下，躺著。」

在信吾的扶持下，菊子就地蹲下，倚靠牆壁。

「躺著。」信吾又說一次。

菊子閉著眼動也不動。彷彿已暈厥的蒼白臉孔，也浮現小孩放棄什麼時的天真無辜。藏在瀏海底下的淺淺傷痕，映入信吾眼簾。

「好點了嗎？如果血止住了，就去臥室好好休息。」

「是。已經不要緊了。」菊子說著拿毛巾擦鼻子，

「那個臉盆，被我弄髒了，我馬上洗。」

「嗯，不用了。」

信吾匆忙倒掉臉盆的水。水的底部，似乎還有沖淡的血色溶解。

信吾沒有用那個臉盆，直接用手心接自來水洗臉。

信吾想叫醒妻子，讓她幫菊子。

可他又想，菊子或許並不想讓婆婆看見自己痛苦的模樣。

菊子的鼻血似乎是噴出的，信吾感到，那就像噴出菊子的痛苦。

信吾在鏡前梳頭髮時，菊子經過。

「菊子。」

「是。」菊子轉頭看他，但是腳下沒停，去了廚房。她用火鏟裝了炭火拿來。信吾可以看見火星濺起。用瓦斯生的火，要放進起居室的暖桌下。

「啊！」信吾被自己嚇了一跳，甚至失聲驚呼。他完全忘記女兒房子已經搬回來了。起居室的昏暗，是因為隔壁房間裡，睡著房子和兩個小孩，還沒打開遮雨窗。

其實不用叫醒老妻，只要讓房子起床，去幫菊子就行了。可是，他剛才想要叫醒妻子時，腦中完全沒想到房子，這也太古怪了。

信吾坐進暖桌，菊子送來熱茶。

「會頭暈無力吧？」
「有一點。」
「時間還早，今早妳就好好休息吧。」
「還是活動一下比較好。剛才出去拿報紙，吹到冷風後，就好多了。人家都說女人流鼻血不用擔心。」菊子的語氣輕快，
「今早也很冷，爸怎麼這麼早就起來了？」
「不知為什麼，寺院的鐘還沒響，我就醒了。那口鐘，無論冬夏，都是六點敲響。」
雖然是信吾先起床，卻比修一晚出門上班。冬天向來如此。
午餐時，他邀修一去附近的西餐館，
「你知道菊子額頭的傷吧？」信吾說。
「知道啊。」
「應該是她出生時難產，醫生用產鉗弄出來的傷痕。雖然不代表出生時痛苦掙扎的痕跡，但菊子痛苦時，那個傷痕就會特別顯眼。」

「您是說今早？」

「沒錯。」

「是因為流鼻血吧。她臉色蒼白時，就會看出那傷痕。」

菊子是什麼時候告訴修一自己流鼻血的？信吾有點失落，卻還是說，

「昨晚菊子也沒睡吧？」

修一蹙眉。沉默片刻後，

「爸其實用不著顧慮外人。」

「什麼叫做外人。那不是你老婆嗎。」

「所以說，我的意思是您不用對兒媳婦顧慮那麼多。」

「這是什麼意思？」

修一沒有回答。

三

信吾去會客室一看，英子坐在椅子上，還有一個女人站著。

英子也站起來。

「好久不見。天氣暖和了。」她寒暄著說。

「好久不見。都兩個月了。」

英子似乎胖了一點，臉上的妝也變得更濃。信吾想起，以前和英子去跳舞那次，她的乳房似乎只有手心大。

「這是池田小姐。就是我以前提過的……」英子一邊介紹，一邊流露出泫然欲泣的可愛眼神。這是她認真時的習慣反應。

「唔。敝姓尾形。」

信吾無法對那個女人說，修一平日承蒙照顧。

「池田小姐本來很抗拒，她說不想見您，也沒道理見您，是我硬把她拉來的。」

「噢？」

信吾對英子說，

「在這裡可以嗎？出去找個地方也行。」

英子以眼神徵詢池田。

「在這裡就行。」池田不客氣地說。

信吾內心很困惑。

英子好像曾經說過，要讓信吾見那個和修一外遇對象同住的女人。但是，信吾當時聽了並未放在心上。

都已經離職兩個月了，英子居然想實現諾言，信吾深感意外。

這是否表示修一終於和那女人談妥分手了呢？信吾等待池田或英子切入正題。

「我是因為英子小姐實在太嘮叨，雖然覺得來見您也沒用，還是前來拜訪。」

池田的語氣毋寧充滿反抗。

「不過，之所以來見您，也是因為我老早就勸過絹子最好和修一先生分手，況且我想見到您之後，如果您能幫著讓他們分手，那也是好事。」

「是。」

「您對英子有恩，而且她也很同情修一先生的太太。」
「人家真的是好太太。」英子插嘴說。
「就算英子對絹子這麼說，這年頭也已經沒有幾個女人會因為男人家有賢妻就主動退讓。絹子只會說，『我可以把別人的丈夫歸還，請你們也把我戰死的丈夫還給我。只要丈夫能夠活著回來，就算丈夫再怎麼拈花惹草，在外面有多少個女人，我都會隨丈夫的意思去做。池田姊，妳呢？』被這麼一問，身為在戰爭中失去丈夫的人，就連我自己都不免這麼想。絹子說，『我們的丈夫上戰場，我們不也在忍耐？丈夫死後的我們又該怎麼辦？修一先生就算來找我，至少不用擔心他死掉，而且他不也毫髮無傷地回家了？』」
信吾苦笑。
「他太太就算是賢妻，也沒嚐過丈夫戰死的滋味。」
「哎，話不能這樣說。」
「是，那當然是絹子喝醉酒哭泣時說的話……她和修一喝得爛醉時，她說，『你回去告訴你老婆，妳沒有等待過上戰場的丈夫吧，妳只是在等一個肯定會回家的丈夫吧。』修一說，『好，我告訴她。』我也是戰爭寡婦之一，戰爭寡婦的戀愛，或許本質上就有不當之處？」

「這個嘛，怎麼說？」

「男人也是，就像修一先生，喝醉後就不像話。對絹子非常粗暴，還要求她唱歌。絹子討厭唱歌，我只好小聲唱給他聽。如果不這樣安撫修一先生，鬧開了也不好對附近鄰居交代……我被迫唱歌，雖然也覺得好像受到侮辱很不甘心，但我忽然想到他這樣或許不是發酒瘋，而是戰地養成的習性。或許修一先生在戰地某處也曾這樣玩女人。如此一來，修一先生胡鬧的樣子，似乎也像是自己戰死的丈夫在戰地玩女人的樣子。我不禁心頭一緊，腦子一片空白，不知怎的，竟然有種錯覺，彷彿自己就是丈夫在外面的女人，然後就唱著下流的歌曲哭了。事後我告訴絹子，雖然覺得自己的丈夫絕不可能做那種事，但那也很難說。後來，修一先生再叫我唱歌，絹子也就跟著哭了……」

信吾雖覺那是一種病態，卻也不禁神色黯然。

「這種事，就算是為了妳們自己好，也該早點結束。」

「您說得對。修一先生走後，絹子也曾感慨萬千地說，池田姊，我這樣做會墮落吧。既然如此，其實不如跟修一先生分手，可是萬一分手了，又覺得之後會真的墮落，所以絹子想必也是害怕這點吧。女人啊……」

「這點倒是不用擔心。」英子從旁說。

「是啊。因為她有正經工作。英子也看到了吧。」

「對。」

「我這身衣服，也是絹子做的。」池田指著自己身上的套裝說，「她的職位僅次於剪裁主任，在店裡也頗受重用，一替英子找工作，店裡立刻就答應了。」

「妳現在也在那間店上班？」

信吾吃驚地看英子。

「是。」英子點頭，有點臉紅。

英子拜託修一的外遇對象，進了同一間店上班，今天卻又這樣帶池田來，信吾無法理解英子的心態。

「所以，我想絹子在經濟方面，應該沒怎麼給修一先生添麻煩。」池田說。

「那想必是。不是經濟的問題……」

信吾惱怒地開口，卻又中途打住。

「看到絹子被修一先生欺負，我經常說。」

池田低著頭，把手放在膝上。

「修一先生其實也同樣是負傷歸來。他是心靈受創的傷兵。所以……」她抬起頭，

「能不能讓修一先生搬出來住？如果他和太太自己生活，我認為，他應該就會和絹子分手了。我也想過很多……」

「是啊。我考慮看看吧。」

信吾點頭回答，雖對對方干涉自家家務事有點反感，卻也深有同感。

四

信吾本來就不打算拜託池田這個女人，因此也沒有話要主動對她說。等於只是聽對方敘述。

站在對方的立場，信吾就算沒有擺出低姿態拜託，至少若不開誠布公地好好商量，這次見面也等於是白來了，不過也真虧她肯說這麼多。聽來似乎在替絹子辯解，卻又不盡然如此。

信吾覺得對英子和池田或許都該心懷感激。

他並沒有對兩人的來訪心生疑惑或猜疑。

不過，信吾的自尊心，或許還是受到屈辱，下班後為公務去赴宴，正要就座時，藝妓湊近他耳語，他氣憤地說，

「妳說什麼？我重聽，聽不見。」還扣住藝妓的肩膀。雖然他立刻鬆手，藝妓仍然摩挲肩膀抱怨「痛死了」。

信吾面露尷尬。

於是藝妓靠向信吾說「您過來一下」，把他帶去走廊。

十一點左右回到家時，修一還沒回來。

「爸回來了啊。」

起居室對面的房間裡，房子正在給老二餵奶，一邊支肘抬起頭。

「噢，我回來了。」信吾望向她那邊，

「里子睡了？」

「對，她剛睡著。里子問我，『媽媽，一萬圓和一百萬圓，哪個比較多？到底哪個多？』把我笑死了。我叫她等外公回來了問外公，結果說著說著她就睡著了。」

「嗯——如果是戰前的一萬圓和戰後的一百萬圓相比的話。」信吾邊笑邊說，

「菊子，給我倒杯水。」

「好。冷水？您是要喝？」

菊子似乎覺得很稀奇，起身走了。

「要水井的水喔。不要加了漂白粉的水。」

「好。」

「戰前里子還沒出生呢。那時我也還沒結婚。」房子在被窩裡說。

「不管戰前戰後，好像都是不結婚比較好。」

聽著後面的水井聲，信吾的妻子說。

「那個壓幫浦的吱吱聲聽起來也沒那麼冰冷了。冬天時，為了替你泡茶，菊子一大早壓水井的聲音，我在被窩聽著都覺得冷。」

「嗯。其實我正考慮是否要讓修一夫妻和我們分開住。」信吾小聲說。

「分開住？」

「那樣應該比較好吧。」

「是啊。對房子來說也是，如果她要一直住在家裡的話……」

「媽，我會搬出去。如果要分開住的話。」

房子起來了。

「是我該搬出去住。對吧。」

「這件事跟妳無關。」信吾不耐煩地說。

「當然有關。關係可大了。相原說，就是因為爸爸不疼愛我，我才會個性這麼惡劣，我聽了只能啞口無言，從來沒有那麼不甘心過。」

「妳先冷靜一下。都三十歲的人了。」

「沒地方讓我冷靜，叫我怎麼冷靜。」

房子把露出碩大乳房的胸前衣襟合攏。

信吾疲憊地站起來。

「老太婆，去睡吧。」

菊子用玻璃杯裝了水來。一手還拿著大片的樹葉。信吾就這麼站著大口喝水，

「那是什麼？」他問菊子。

「是枇杷的嫩葉。淡淡月光下，我看水井前有白白的東西飄呀飄的，心想那是什麼，原來是枇杷的嫩葉長大了。」

「這是女學生的浪漫情懷吧。」房子嘲諷道。

夜聲

一

男人的呻吟聲，吵醒了信吾。

有點分不清是狗叫聲還是人的聲音。起先信吾以為是狗在呻吟。

他覺得阿照正痛苦得要死。該不會是誤吞毒藥吧？

信吾突然心跳加快。

「啊！」他摀著胸口。好像心臟病發作。

就此清醒後，才發現不是狗，是人的呻吟。脖子被掐住，舌頭打結。信吾不寒而慄。某人正受到迫害。

「聽啊，聽啊。」聽來彷彿有人在這麼說。

那是喉頭卡住的痛苦呻吟。口齒不清。

「聽啊，聽啊。」

是因為快被殺死，才說要聽從對方的主張或要求嗎？

門口響起有人倒下的聲音。信吾聳肩，作勢要起床。

「菊子，菊子。」

原來是修一在呼喚菊子。他的舌頭打結，發音不清楚[1]。修一醉得很厲害。

信吾頓時渾身脫力，躺倒在枕頭上。心悸仍在持續。他撫著胸口，調整呼吸。

「菊子，菊子。」

修一不是用手敲門，似乎是腳步踉蹌地用身體撞門。

信吾喘過氣後，打算起身替兒子開門。

可是，他忽然察覺自己如果起床出去，會讓場面很尷尬。

修一似乎是蘊含惆悵的愛情與悲哀在呼喚菊子。聲音聽來不顧一切。就像是幼童異常疼痛或痛苦時，或者面臨生命危險時，呼喚母親的呻吟。也像是從罪孽的底層吶喊。修一千瘡百孔的真心，在對菊子撒嬌。或許他覺得妻子聽不見，所以才趁著醉意，發出撒嬌的聲音。就像在祈求菊子。

「菊子，菊子。」

信吾感到修一的悲傷。

自己這輩子可曾有那麼一次，懷著如此絕望的愛情呼喚妻子的名字？修一派駐外地戰場時的那種絕望，想必自己這輩子都沒經歷過吧。

信吾豎起耳朵，只盼菊子醒來。讓媳婦聽見兒子窩囊的聲音，也覺得有點丟臉。信吾想，如果菊子沒醒來，那就叫醒妻子保子吧。不過最好還是菊子醒來。

信吾用腳尖把熱呼呼的熱水袋推到被窩邊。或許就是因為春天還把熱水袋放進被窩，才會心跳加快。

信吾的熱水袋，向來由菊子負責。

信吾經常說，「菊子，熱水袋拜託妳了。」

1 聽啊（kikou）和菊子（kikuko）的發音近似。

菊子替他裝的熱水袋，最能夠長時間保溫。袋口也封得很緊。

保子不知是頑固還是太健康，即便到了這把年紀，仍討厭用熱水袋。她的腳很熱。五十幾歲時，信吾還會靠妻子的體溫取暖，但近年來已不再靠近。

保子也不曾把腳靠近信吾的熱水袋。

「菊子，菊子。」又響起撞門聲。

信吾打開枕畔的燈看錶。快兩點半了。

橫須賀線的末班電車抵達鎌倉，是一點之前，之後修一八成又去站前的小酒館賴著不肯走。

聽著修一的聲音，信吾想，他和東京那個女人之間的關係，也已到了盡頭。

菊子起來了，從廚房走出去。

信吾這才安心地關燈。

彷彿要勸菊子，信吾在口中喃喃低語，妳就原諒他吧。

修一似乎是搭著菊子肩膀進來的。

「好痛，會痛啦，放手。」菊子說。

「你的左手，拽住我頭髮了。」

「是嗎。」

兩人跌跌撞撞一起倒在廚房。

「不行啦。別亂動……放到我膝上……你一喝醉，腳就會水腫。」

「我的腳腫？騙人。」

菊子似乎正把修一的腳放在自己膝上，幫他脫鞋。

菊子原諒他了。無需信吾擔心，夫妻之間，或許反倒很享受菊子這樣原諒他的時刻。

修一的呼喚聲，菊子或許也聽得很清楚。

即便如此，修一從外面的女人那裡醉醺醺回來，菊子還肯把他的腳抱到膝上替他脫鞋，這讓信吾感到菊子的溫柔。

菊子伺候修一躺下後，就去關後門和大門。

連信吾都聽見修一的鼾聲。

被妻子攙扶進房間後，修一立刻睡著了，那麼那個絹子直到剛才還被迫應付爛醉的修一，她的立場又該怎麼說？不是聽說修一在絹子家喝酒就會發酒瘋，惹得絹子哭泣嗎？

更何況，修一認識絹子後，菊子雖然不時臉色蒼白，腰圍卻日漸豐滿。

二

修一響亮的鼾聲不久就停止，信吾卻失眠了。

信吾試著思索，保子打呼的毛病，是否也傳染給兒子。

應該不是，今晚大概是喝多了。

最近信吾也沒聽見妻子的鼾聲。

天氣冷時，保子似乎睡得更熟。

信吾沒睡好時，隔天的記性會更差令他很不高興，也會陷入感傷。

剛才也是，自己或許就是抱著感傷聆聽修一呼喚菊子的聲音。修一也許只是舌頭不聽使喚而已。也許只是用醉態來掩飾尷尬。

口齒不清的聲音，之所以令信吾感到修一的愛情與悲哀，或許信吾感到的只是他在修一身上期望的東西。

總之不管怎樣，那個呼喚聲，讓信吾原諒了修一。而且他認為，菊子想必也原諒了修一。信吾猜想這是出於骨肉至親的利己主義。

信吾自認對兒媳菊子很好，但是本質上，他似乎還是更偏袒親生兒子。

修一很醜陋。在東京的女人那邊喝醉後，居然倒臥家門前。

如果信吾剛才出去替兒子開門，信吾八成會蹙眉，修一也會醉意全消吧。幸好是菊子出去。修一扶著菊子的肩膀，進了家門。

菊子身為修一的受害者，似乎也是修一的赦免者。

剛滿二十的菊子，若要和修一繼續做夫妻直到信吾與保子這個年紀，不知還得原諒丈夫多少次。菊子會無止境地原諒他嗎？

不過，所謂的夫妻，也像是無止境吸收彼此惡行的恐怖沼澤。絹子對修一的愛，信吾對菊子的愛，最後都會被吸進修一和菊子的夫妻沼澤，就此消失無蹤嗎？

信吾想，戰後的法律改成以夫妻而非親子為單位果然有道理。

「換言之，是夫妻的沼澤。」他咕噥。

「讓修一搬出去吧。」

一不留神就會把想法嘀咕出來的毛病，也是因為信吾年紀大了。

之所以嘀咕「夫妻的沼澤」，意味著夫妻倆要單獨生活，忍受彼此的惡行，逐漸加深沼澤。

妻子的自覺，或許就是來自正面面對丈夫的惡行。

信吾眉毛發癢，抓了幾下。

春日已近。

就算半夜醒來，也不像冬天那麼討厭了。

被修一的聲音吵醒前，信吾也剛從夢中醒來。那時夢境還記得很清楚。可是，被修一吵醒時，幾乎把夢忘光了。

或許是自己的心悸，導致夢的記憶消失。

唯一記得的，只有十四、五歲的少女墮胎，以及「然後，某某子就成了永恆的聖少女」這句話。

夢中的信吾在看故事。這句話，就是那個故事的結語。一邊用文字閱讀故事，同時那個故事的情節，也像戲劇或電影那樣在夢中出現。信吾本人並未現身夢中，完全是站在觀眾的立場。

十四、五歲就墮胎還叫做聖少女很奇怪，但其中有個很長的故事。信吾在夢中看了一個少年少女的純愛名作故事。看完醒來時，徒留感傷。

少女不知道懷孕，也沒想到墮胎，從頭到尾只是一直愛慕被迫分手的少年嗎？可那樣既不自然也不純潔。

已經忘記的夢，無法事後重溫。況且，閱讀那個故事時的感情，也同樣是夢。

在夢中，少女應該有名字，想必也看到了長相，但是現在只隱約還記得，少女的身材，嚴格說來算是很矮小。好像穿著和服。

信吾思忖自己是否在那個少女身上，夢見保子姊姊美麗的身影，但好像並非如此。

做這個夢，只不過是因為昨晚看到晚報上的報導。

「少女產雙子。青森走調的『春之覺醒』[2]」這個大標題下，「青森縣公共衛生課調查，縣內根據優生保護法進行墮胎者之中，十五歲有五人，十四歲三人，十三歲一人，相當於高中學生年齡的十八歲至十六歲之間有四百人，其中高中生占了百分之二十。此外，國中生的懷孕案例，弘前市有一人，青森市一人，南津輕郡四人，北津輕郡一人，而且由於欠缺性知識，雖經專業醫生處理，仍有百分之〇．二死亡，百分之二．五重症，明知有這樣可怕的結果，依然隱瞞事實，找指定醫生以外的人處理導致死亡的『小媽媽』生命，著實令人不寒而慄。」

報上同時也寫了四件相關的分娩實例，北津輕郡的國二生，十四歲，去年二月忽然陣痛，產下雙胞胎。母子健康，小媽媽現就讀國中三年級。父母當時都不知道女兒懷孕。

青森市的高二生，十七歲，和班上男同學私定終身，去年夏天，珠胎暗結。雙方家長基於少年少女還是學生，決定墮胎。但少年聲稱「不是玩玩而已。不久的將來會結婚」。

這篇報導，令信吾大受衝擊。於是睡著後，就夢見少女墮胎。

不過，信吾的夢，對少年少女並未醜化也未做批判，只是當作純愛故事，變成「永恆的聖少女」。睡著前，他壓根沒想過這種念頭。

信吾的衝擊，在夢中被美化了。這是為什麼？

或許是因為信吾藉著做夢，救了墮胎的少女，也救了自己。

總之，夢中流露善意。

自己的善意是在夢中覺醒嗎？信吾反省自身。

此外，他懷疑或許是暮年亦有青春的殘影搖曳，才會夢見少年少女的純愛，不免也有點沉溺於感傷。

---

2 春之覺醒，德國劇作家法蘭克．魏德金（Frank WedeLind）創作的劇本。描寫十九世紀社會風氣保守的德國，青春期少年少女對性的覺醒，以及大人對此的壓抑，導致日後的悲劇。

或許就是因為有這夢醒之後的感傷，對於修一呻吟般的呼喚聲，信吾才會先抱著善意傾聽，感到愛情與悲哀。

三

隔天早上，信吾在被窩聽見菊子搖醒修一。

最近醒得太早令他很困擾，不僅被貪睡晚起的保子告誡「老年人的不服老和早起，最惹人厭喔」，而且比兒媳菊子還早起連自己都覺得不好意思，因此他悄悄打開玄關門把報紙拿進來後，就躺在被窩裡慢慢看報。

修一似乎去盥洗間了。

把牙刷放進嘴裡想刷牙時，大概是覺得噁心，只聽見他一直乾嘔。

菊子小跑步去了廚房。

信吾起床了。在走廊遇見從廚房回來的菊子。

「啊，爸。」

菊子差點撞上他，連忙駐足，倏然臉紅。她右手的杯子裡，有東西灑出來。菊子大概是去廚房拿冷酒，要替修一的宿醉解酒。

菊子沒化妝，略顯蒼白的臉孔脹紅，惺忪欲睡的眼睛露出羞澀，沒塗口紅的唇間，露出漂亮的牙齒，尷尬微笑的模樣，令信吾覺得很可愛。

菊子的身上，還保有這麼稚氣的地方啊。信吾想起昨晚的夢。

不過，仔細想想，報上提到的那個年紀的少女，就算結婚生產，也沒什麼好稀奇的。以前的人早婚，這種例子多得是。

在那些少年的年紀，信吾自己，不也曾對保子的姊姊相當愛慕。

得知信吾在起居室坐下了，菊子慌忙打開那邊的遮雨窗。

春意盎然的朝陽照入。

菊子似乎被豐沛的陽光嚇了一跳，而且信吾還在後面看著，因此她將雙手舉到頭上，把睡亂的頭髮綁成一束。

神社高大的銀杏樹尚未發芽，但是早晨的陽光和早晨的鼻子，似可聞到樹木發芽的氣味。

菊子迅速整理好頭髮，送來玉露茶。

「爸，喝茶。抱歉送晚了。」

剛起床的信吾，喝玉露也是用滾水沖泡。因為是滾水，沖泡方法反而困難。菊子似乎最懂得拿捏沖泡時間。

信吾暗想，如果是未婚姑娘泡的茶，想必滋味更佳。

「給醉鬼解酒，給糟老頭玉露，菊子妳也很忙啊。」

信吾隨口開玩笑。

「哎呀，爸，昨晚您也知道？」

「我醒了。起初我還以為是阿照在呻吟。」

「這樣啊。」

菊子低頭坐著，似乎不好意思起身。

「其實我也是，比菊子還早被吵醒。」房子在紙門那頭說。

「那種呻吟聲，蠻可怕的，不過阿照沒叫，所以我才知道是修一。」

房子還穿著睡衣，讓老二國子含著乳頭，走來起居室。

她雖然長得不好看，乳房卻白皙，很有看頭。

「喂，妳這身打扮是怎麼回事。邋裡邋遢。」信吾說。

「我是因為相原邋遢，所以自然而然也變得邋遢。被嫁到那種邋遢的男人家，就算變得邋遢，也不能怪我吧。」

房子把抱著的國子換個姿勢，從右乳換到左乳。

「如果不喜歡女兒變得邋遢，那你應該先好好調查一下，女兒的結婚對象邋不邋遢。」房子還在喋喋不休。

「男人和女人不同。」

「都一樣。不信你看修一。」

房子要去盥洗間。

菊子伸出雙手。房子粗魯地把嬰兒塞給她，導致嬰兒哇哇大哭。

房子不理會，逕自走了。

保子洗完臉過來，

「給我。」她接過嬰兒。

「這孩子的父親，也不知是怎麼打算的。房子在除夕夜跑回來，到現在都已經兩個多月了。你還說房子邋遢，我看你這個一家之主在關鍵的地方其實更邋遢吧。除夕的晚上，你明明說這樣也好，可以做個清楚了斷，結果又這麼拖拖拉拉不了了之。相原那邊也完全沒消息。」

保子看著懷中的嬰兒說。

「你雇用的那個谷崎小姐，按照修一的說法，她那樣叫做半寡婦，那房子不也等於是半離婚嗎。」

「半寡婦是什麼意思？」

「雖然沒結婚，但她的心上人戰死了。」

「可是戰時谷崎不還是個孩子嗎？」

「算虛歲的話，應該十六、七了吧。當然也會有難忘的人。」

信吾對保子那句「難忘的人」感到很意外。

修一沒吃早餐就出門了。大概是宿醉噁心，不過時間的確也晚了。

上午郵差送信來之前，信吾一直待在家裡。菊子放到信吾面前的信件中，有一封是寄給菊子的。

「菊子。」信吾把那封信交給她。

菊子大概也沒看信封上的收件人姓名就全都拿來給信吾了。菊子很少收到信。好像也沒等過誰寄信來。

菊子當場拆信看，

「是我朋友寄來的，她說墮胎後，恢復得不太好，現在住進本鄉的大學附設醫院了。」她說。

「嗯？」

信吾摘下老花眼鏡，看著菊子的臉。

「該不會是找那種無照營業的產婆做的？很危險呢。」

信吾覺得晚報的報導和今早的信件吻合。自己甚至夢見墮胎。

信吾感到某種誘惑，很想把昨晚的夢告訴菊子。

但他開不了口，看著菊子，自己內心有某種青春蠢動，驀然間，冒出菊子該不會也懷孕了且打算墮胎的聯想，不禁把自己嚇了一跳。

四

電車行經北鎌倉的溪谷，

「梅花開得真好。」菊子一臉新奇地眺望。

北鎌倉在靠近電車窗口的地方梅花特別多，但信吾每天只是漠然看著。盛開期已過，陽光下，花的白色也黯淡了。

「我們家院子裡不是也開花了。」信吾說，但那只有兩三棵，他想這或許是菊子今年第一次看到梅花。

正如菊子很少收到信，她也很少出門。頂多是走路去鎌倉的街上買東西。

菊子說要去大學附設醫院探望朋友，信吾也一起出來了。

修一的外遇對象就住在大學前。這點令信吾耿耿於懷。

此外，他也想在路上問問菊子是否懷孕了。

這個問題其實沒那麼難以啟齒，信吾卻似乎找不到時機開口。

妻子保子不再提及生理期，不知已有多少年了。更年期的變化過後，保子就什麼都不提了。停經之後或許已無關健康，而是一種滅絕吧。

保子不再提起，信吾自然也就忘了。

信吾想問菊子，就想起了保子。

保子如果知道菊子去醫院的婦產科，說不定會要求菊子也順便給醫生看看。

保子也會對菊子提孩子的事。信吾曾見過菊子一臉難過地聽婆婆訓話。

菊子肯定也對修一吐露過身體的問題。能夠聽到這番坦白的男人，想必在女人心中有絕對的地位。如果女人有了別的男人，就會對吐露身體隱私有所遲疑。信吾記得以前曾聽朋友這麼說過，還頗為感嘆。

就算是親生女兒也不會告訴父親。

迄今，信吾和菊子似乎也一直互相迴避提及修一的女人。

菊子如果懷孕，說不定是被修一的女人刺激之下，促使菊子成熟。信吾覺得外遇雖非好事，不過這或許也是人性，因此也認為問菊子生小孩的事有點殘忍。

「雨宮家的老爺爺昨天來過，您聽媽說了嗎？」

菊子忽然說。

「沒，我沒聽說。」

「他說要被接回東京了，是來辭行的。還說阿照要麻煩我們照顧了，送了兩大袋餅乾。」

「給狗？」

「對。應該是給狗的。媽也說，一袋或許是給人的。雨宮先生的生意一帆風順，據說房子擴建了，老爺爺看起來很高興呢。」

「那想必是。商人連房子都匆匆賣掉重新開始，一轉眼又能蓋新房子啊。我們這邊倒是十年如一日。光是每天搭乘這條橫須賀線，就已經覺得很煩了。上次也是，在料理店有聚會，來的都是老人，真虧大家能夠幾十年重複同樣的行為，我都覺得膩，累死了。也差不多該來接我走了吧。」

菊子一時之間似乎沒聽懂「來接我走」的意思。

「到了閻王爺面前，最後八成會說，我們這些零件無罪。因為我們只是人生的零件。就連活著的時候，也是人生的零件，處罰這樣的人生豈不是太過分。」

「可是——」

「對。無論哪個時代的哪種人，若說人生是否全盤活得很充實，這也是個疑問。比方說，那家料理店負責保管客人鞋子的店員。忙著把客人的鞋子拿進拿出，每天就只做那件事，對吧。也有老人武斷地說，當零件當到這種地步，反而輕鬆。可是一問女服務生，替人保管鞋子的老先生其實過得也很苦。四面都是鞋櫃，像地窖一樣，他就在胯下放個小火盆，窩在那裡給客人擦鞋子。何況玄關的地窖冬冷夏熱。我們家的老太太不也喜歡說養老院嗎。」

「您說媽？可是，媽說那種話，就和年輕人常把想死掛在嘴上是一樣的吧？其實沒想那麼多。」

「因為她總是認定自己會比我晚死嘛。不過，妳說的年輕人是誰？」

「是誰啊……」菊子結巴了，

「朋友的信上也有提到。」

「今早那個？」

「對。那個朋友，一直沒結婚。」

「是嗎。」

信吾就此緘默，菊子也就沒繼續說了。

電車剛駛出戶塚。和下一站保土谷之間的距離很長。

「菊子。」信吾喊道，

「我老早之前就在想，你們夫妻是否想搬出去住。」

菊子看著信吾的臉，等待下文，但她用像要申訴委屈的聲音說，

「為什麼這麼說，爸。是因為大姊搬回來了嗎？」

「不。和房子無關。房子等於是半離婚回來投靠娘家，對妳其實很不好意思，但她就算和相原離婚了，應該也不會在我們家待太久。撇開房子先不談，現在是你們夫妻倆的問題。妳不覺得分開住比較好？」

「不，站在我的立場，爸一直對我很好，我想和你們同住。離開爸的身邊，不知會有多麼徬惶不安。」

「謝謝妳講話這麼貼心。」

「哎喲，我是在對爸撒嬌啦。或許因為我是家裡的老么比較受寵，娘家的爸爸也很疼愛我，所以我喜歡和爸住一起。」

「親家公疼愛妳，這點我非常能理解。就連我也是，有妳陪伴，不知帶來多大的安慰。分開住會很寂寞。可是修一做出那種事，我卻到現在也沒陪妳好好商量。我這個公公住在一起簡直完全失職。所以我想如果你們夫妻倆單獨住，或許靠你倆自己能夠好好解決。」

「不。爸就算什麼也沒說，我也知道您一直很關心我，體恤我。我就是靠著這個，才能撐到現在。」

菊子的大眼睛蓄滿淚水。

「讓我們搬出去住，我會很害怕。我一個人根本無法在家安心等待。太寂寞，太悲傷，太可怕了。」

「那要一個人等等看才知道吧。不過，這種事無法在電車上談。妳先好好考慮一下。」

菊子或許真的很害怕，雙肩幾乎顫抖。

在東京車站下車後，信吾叫計程車送菊子去本鄉。

不知是因為在娘家備受父親寵愛，抑或是現在情緒混亂，菊子似乎也沒覺得這樣讓公公護送有什麼不自然。

修一的女人該不會正走在路上吧？信吾感到那種危險，特地讓車子停著，一路目送菊子走進大學附設醫院。

春鐘

一

花季的鎌倉正逢佛都七百年祭典，寺院鐘聲終日悠揚。

然而，信吾有時卻聽不見。菊子即使正忙著做家事或說話，似乎都聽得見，信吾卻得注意聽才聽得見。

「您聽。」菊子提醒他。

「又響了。您聽。」

「嗯？」

信吾歪頭，

「老太婆妳聽得見嗎？」他對保子說。

「聽得見啊。你聽不見嗎？」保子根本懶得理他。

保子的膝上堆著五天的報紙，正在慢慢看。

「響了，響了。」信吾說。

一旦聽見了，之後就比較容易聽見。

「只不過是聽見鐘聲，瞧你開心的。」保子說著摘下老花眼鏡，看著信吾。

「那樣天天不停撞鐘，寺裡的和尚八成也很累吧。」

「是讓去拜拜的人撞鐘，一次十圓左右喔。不是和尚撞鐘。」菊子說。

「這倒是好主意。」

「說是什麼祈福鐘……或許是要讓十萬人或百萬人撞鐘的計畫？」

「計畫？」

這個字眼令信吾感到好笑。

「可是，寺院的鐘聲陰森森的，我不喜歡。」

「會嗎，會陰森森的嗎？」

四月的星期天，在起居室看著櫻花聽鐘聲，信吾還覺得很安逸呢。

「所謂的七百年，是什麼東西滿七百年？鎌倉大佛據說有七百年歷史，日蓮上人[1]也說有七百年。」保子問。

信吾答不上來。

「菊子妳也不知道嗎？」

「對。」

「真奇怪，虧我們還住在鎌倉。」

「媽膝上的報紙，沒有提到什麼嗎？」

「或許有吧。」保子說著把報紙交給菊子。報紙規矩地折好，整整齊齊疊在一起。她自己手裡只留了一張。

「對，我好像也在報紙上看過。不過，看到這篇老夫婦離家出走的報導，我就感同身受，滿腦子只剩下那個新聞。你應該也看了吧？」

「嗯。」

「號稱日本遊艇界的恩人，日本划船協會副會長……」保子讀出報紙的文

1 日蓮上人（1222-1282），鎌倉時代的僧侶，鎌倉佛教之一的日蓮宗開山始祖。

章，之後用自己的話說，

「這人以前也是製造帆船和遊艇的公司社長欸。現年六十九歲，他太太六十八。」

「那為什麼會讓妳感同身受？」

「他們給養子夫婦和孫子留了遺書喔。」

接著保子朗讀報導：

「想像自己碌碌無為地活著，被社會逐漸遺忘的窩囊樣子，就不想讓自己苟活到那一天的來臨。也很能理解高木子爵[2]的心境。人在深受眾人所愛的當下消失或許是最好的。我認為應該在家人的深厚親情，以及無數朋友、同輩、後輩的友情圍繞下離開。——這是他們寫給養子夫婦的，給孫子的寫的是——日本獨立的日子已近，前途卻一片黯淡。害怕戰爭慘禍的年輕學子，如果期望和平，就得貫徹甘地那樣的非暴力抵抗主義。我們太老，要堅持自己相信的正道，加以指導，已是心有餘而力不足。徒然等待『惹人厭的年齡』到來，只會糟蹋過往人生的累積。至少在孫子面前，還想留下好爺爺、好奶奶的印象。我們不知要去何處。只想安然沉睡。」

保子念到這裡沉默了一下。

信吾轉頭，看著院子的櫻花。

保子望著報紙說，

「離開東京的家，探望大阪的姊姊後，夫妻倆就下落不明……那個住在大阪的姊姊，也已經八十歲了。」

「沒有妻子寫的遺書嗎？」

「啊？」

保子愣了一下，抬起臉。

「沒有妻子的遺書嗎？」

「你說的妻子，是指那個老太太？」

2 高木正得（1894-1948），昆蟲學者，河內丹南藩最後一任藩主之子，繼承家業成為子爵，並當選貴族院議員。貴族制廢除後落魄潦倒，珍貴藏書也毀於戰火，遂留下遺書失蹤後自殺。

「那當然。兩個人一起離家自殺，妻子應該也有遺書才對。比方說，如果我和妳一起自殺，妳應該也會有什麼遺言，想要事先寫下來吧？」

「我才不需要。」保子乾脆地回答。

「只有年輕人殉情時，才會男女雙方都寫遺書。而且那往往是因為無法結婚感到悲觀……如果是夫妻，通常只要丈夫有寫，那就夠了，況且事到如今我還能有什麼遺言？」

「不見得吧。」

「如果我一個人死的時候，當然另當別論。」

「一個人死的話，妳就有成堆怨言要說是吧。」

「有也等於沒有，反正都這麼老了。」

「這是沒想過要死，也不可能死的老太太樂觀的心聲啊。」信吾笑了，

「菊子妳呢？」

「我嗎？」

菊子有點遲疑，聲音緩慢低沉。

「假設，妳要和修一殉情，妳不自己寫遺書嗎？」
脫口而出後，信吾暗叫不妙。
「我不知道。可能要到那時候才知道吧。」菊子把右手的大拇指插進腰帶，一邊鬆開腰帶，一邊看著信吾。
「我倒是有點想留幾句話給爸。」
菊子的眼睛稚氣地泛出水光，隨即蓄滿眼淚。
信吾感到，保子沒考慮死亡，菊子卻似乎多少想過死亡。
菊子向前彎腰，好像要伏地痛哭，可她隨即起身走了。
保子目送她離開，
「真奇怪。這有什麼好哭的。她變得很歇斯底里。她那樣，是歇斯底里沒錯吧。」
信吾解開襯衫的扣子，把手伸進胸口。
「心跳得很快嗎？」保子說。
「不，是乳房癢。乳房裡面發硬，很癢。」

「那簡直跟十四、五歲的女孩一樣嘛。」

信吾用指尖玩弄左乳。

夫婦一起自殺，卻只有丈夫寫遺書，妻子不寫，是妻子讓丈夫代筆，還是由丈夫代表二人？聽保子讀報紙，信吾對這點產生疑問，也頗感興趣。

夫妻結縭多年後，是變得一體同心，還是老妻連個性和遺言都會喪失呢？妻子並沒有尋死的理由，卻陪丈夫自殺，讓丈夫的遺書概括自己的心聲，這樣不會有任何遺憾、後悔或遲疑嗎？真不可思議。

然而，信吾的老妻剛才不就說了，如果要一起自殺她不需要遺書，只要丈夫有寫就夠了。

女人什麼都不說，陪男人共赴黃泉——男女顛倒的例子，當然偶爾也有，不過多半還是女人處於從屬地位，那樣的女人如今年邁體衰，還在自己身邊，令信吾有點驚訝。

菊子與修一這對夫妻，不僅結婚的時間還短，眼下也波瀾起伏。

對這樣的菊子，問她如果和修一自殺是否需要自己寫遺書，換個角度來說很殘忍，也是在傷害菊子。

信吾也意識到菊子正站在危險的深淵邊緣。

「菊子是對你撒嬌，才會為了那種事掉眼淚。」保子說。

「都是因為你只顧著疼愛菊子，卻不設法解決關鍵的問題。房子的事情，不也是如此嗎？」

信吾看著院子盛開的櫻花。

那棵高大的櫻樹根部，有茂密的八角金盤。

信吾討厭八角金盤，本來打算在櫻花開花前，把八角金盤剷除乾淨，但是今年三月雪特別多，就這麼拖到了花季。

大約三年前，他曾剪除過一次，反而讓它變得更茂盛。當時也想過應該連根挖除，果然還是該那樣做。

被保子一說，信吾更加厭惡八角金盤肥厚翠綠的葉片。要是沒有這叢八角金盤，只有櫻樹粗大的樹幹聳立，枝椏伸展出去也不會被擋住，就可以向四周擴展讓末端垂落了。不過就算有八角金盤，櫻樹枝椏也照樣伸展。

甚至令人驚嘆何以能開這麼多花。

午後陽光下，大片櫻花浮現空中。顏色和形狀都不強烈，卻彷彿充滿整個空間。此刻繁花似錦，難以想像會凋零。

不過，花瓣一片又一片不斷飄落，樹下已堆滿落花。

「年輕人殺人或死亡的報導，看了只會覺得『咦，怎麼又發生了』，可是如果出現老人的新聞，就會覺得特別衝擊。」保子說。

聲稱「想趁著深受眾人所愛時消失」的老夫妻那篇報導，保子似乎反覆看了兩三遍。

「之前也是，報紙不是刊登過，一個六十一歲的爺爺，想讓罹患小兒麻痺的十七歲男孩住進聖路加醫院，特地從栃木縣來東京，還揹著那孩子帶他參觀東京，可是孩子吵鬧著說什麼都不肯去醫院，於是爺爺就拿手巾把他勒死了。」

「是嗎。我沒看。」信吾心不在焉地回答，一邊想起自己看了青森縣那些少女的墮胎報導後銘記在心，甚至因此做夢。

他和妻子這個老女人，是多麼不同。

二

「菊子。」房子喊道，

「這台縫紉機，經常斷線欸。是不是機器故障？妳過來看看。勝家牌的機器應該品質很好，是我技術太差勁嗎？我太歇斯底里了？」

「或許真的是故障了。從我念女校時用到現在，已經很舊了。」

菊子去了那個房間。

「不過，它很聽我的話。大姊，我幫妳縫。」

「這樣啊？里子黏在旁邊，讓我心浮氣躁。差點縫到這孩子的手。明知不可能真的縫住手，可這孩子的手就放在這裡，所以我看著針腳，漸漸眼花，把布料和孩子的小手暈忽忽地看成一塊了。」

「大姊，妳是累了。」

「換言之，就是歇斯底里。真要說累，妳不也很累。家裡不累的，只有老爺子老太太。說到我們家老爺子，都已經年過六旬，居然還說乳房癢，在那裡耍人呢。」

菊子去大學附設醫院探望朋友回來，給房子的兩個孩子買了布料。因為在縫那塊布，因此房子對菊子也特別和顏悅色。

不過，菊子代替房子在縫紉機前坐下後，里子露出不情願的眼神。

「舅媽不是給妳買了布，還要幫妳縫衣服？」

房子難得道歉。

「對不起。這孩子這種脾氣，和相原一模一樣。」

菊子把手放在里子肩上，

「和外公去參觀鎌倉大佛吧。有稚兒遊行[3]，也有舞蹈表演喔。」

被房子邀約，信吾也去了。

走在長谷街上，香菸店門前的茶花盆栽映入眼簾。信吾買了光明牌香菸，讚賞盆栽。重瓣斑紋的茶花開了五、六朵。

香菸店老闆說，重瓣斑紋的花不好，盆栽還是得選山茶，帶他去了後院。

四、五坪大的菜園，在那些蔬菜前方，地上放著一排盆栽。山茶是枝幹粗壯有力的老樹。

「不能讓樹過於消耗，所以花已經摘掉了。」香菸店老闆說。

「這樣還是會開花嗎？」信吾問。

「會開很多花，但是只會留下幾朵開在好位置的。店頭的茶花，也開了二、三十朵呢。」

香菸店老闆聊起如何照料盆栽。同時，也談到鎌倉的盆栽同好者的軼事。被他這麼一說，信吾想到商店街的櫥窗的確經常擺出盆栽。

「謝謝。真令人期待。」信吾說著想離開，

「不是什麼好東西，不過後院的山茶還算不錯……只要擁有一盆植物，就會產生責任，不能讓它姿態難看，也不能讓它枯萎，對於懶惰的人是一劑良藥。」香菸店老闆說。

---

3 稚兒遊行，祭典時給兒童穿上古裝化濃妝，扮演神明的使者，沿街遊行。

信吾邊走，邊點燃剛買的香菸。

「香菸盒上，有大佛的圖案。是特地為鎌倉生產的吧。」他說著，把那盒香菸交給房子。

「我要看。」里子伸長脖子。

「去年秋天，妳不是離家出走，去了信州嗎。」

「我才沒有離家出走。」房子反駁信吾。

「當時，在鄉下的老家沒看到盆栽？」

「沒看到。」

「我想也是。都已經是四十年前的事了。鄉下的阿公喜歡盆栽。我是說妳媽的父親。可是妳也知道妳媽長得不好看，心思沒那麼細膩，所以她姊姊更受父親疼愛，由她姊姊來照顧盆栽。姊姊是個大美女，和妳媽簡直不像親姊妹。盆栽架積雪的早晨，剪了妹妹頭的姊姊，身穿大紅色圓袖和服，掃去盆栽積雪的模樣，至今仍歷歷如在眼前。清清楚楚，很美。信州天氣冷，因此呼出來的氣都是白的。」

那白色的吐息，彷彿也散發少女的溫柔氣息。

房子晚了一輩，與之無關，信吾就趁機沉溺回憶。

「不過，剛才的山茶，或許也得精心照顧三、四十年吧。」

樹齡想必很久。種在花盆裡，要養到樹幹糾結隆起，不知耗費了多少年。保子的姊姊死後，本來擺在佛堂的楓紅盆栽，是否也在某人的照料下，尚未枯萎？

三

祖孫三人抵達寺院後，稚兒的遊行隊伍正蜿蜒行經大佛前方的石板路。似乎是讓孩子們長途跋涉，有的已一臉疲色。

人牆後方，房子抱起里子。里子盯著身穿華麗寬袖和服的稚兒。

聽說有與謝野晶子[4]的歌碑，於是去後院參觀，只見那似是將晶子的親筆

4 與謝野晶子（1878-1942），新詩社的代表性歌人，為明治浪漫主義開創新時代。

字跡放大，雕刻在石頭上。

「果然，刻的是『釋迦牟尼……』。」信吾說。

然而，房子居然沒聽過這首膾炙人口的和歌，令信吾啞然。鎌倉有大佛，釋迦牟尼是美男——雖然晶子如此歌詠，

「但鎌倉大佛並非釋迦牟尼喔。其實是阿彌陀佛。因為搞錯了，這首和歌也修改過，但是原先提到釋迦牟尼的歌詞已廣為人知，如今再說什麼阿彌陀佛或大佛，不僅念起來不順，『佛』字也重複出現。不過，這樣做成歌碑後，果然還是將錯就錯。」

歌碑旁搭起帳幕，準備了淡茶招待。房子出門前菊子就給了茶券。

信吾看著露天的茶色，想到里子或許也要喝，里子已一手抓住茶杯邊緣。那是大型茶會用的普通茶杯，但信吾還是連忙替她拿穩杯子，

「很苦喔。」

「會苦嗎？」

里子還沒喝，就皺起苦瓜臉。

跳舞的少女成群走進帳幕。其中約有一半的人在入口的長椅坐下，剩下的女孩，就在那前面擠在一塊。少女們濃妝艷抹，各自穿著寬袖和服。

那群少女的後方，有兩三棵不大的櫻樹盛開。花色不敵和服的豔麗色彩，看似淡薄，更後方略高的樹林，被陽光照亮滿目翠綠。

「水，媽媽，我要喝水。」里子盯著跳舞的少女那邊說。

「沒有水。等回家再喝。」房子安撫女兒。

信吾忽然也想喝水了。

記得三月有一天，信吾從橫須賀線的電車上，看見一個約莫里子這個年紀的女孩，在品川車站月台的飲水台喝水。起初，她一扭開水龍頭，水就噴出來，女孩吃驚地笑了。那笑容很美。母親替女孩把水龍頭轉小。津津有味喝水的女孩，令信吾感到今年的春天來了。此刻他想起那一幕。

看著擺出跳舞姿態的成群少女，里子和自己，忽然都想喝水，是否有什麼原因呢？正當他這麼思忖之際，

「新衣服。買衣服給我。我要新衣服。」里子開始哭鬧。

房子站起來。

跳舞的那群少女中央，有一個比里子大一兩歲的女孩。眉毛畫得又粗又短，向下垂，很可愛。銅鈴似的大眼睛，眼尾塗抹胭脂。

里子被房子拽著手，死盯著那女孩，一走出帳幕，就想去那女孩那邊。

「新衣服，新衣服。」她還在繼續嚷著。

「新衣服啊，等妳過七五三[5]的時候，聽說外公會買給妳喔。」房子擺明了是在諷刺，

「這孩子，打從生下來，就沒有穿過正式的和服。只有尿布。尿布也是用舊浴衣做的，是和服剪下的碎布頭。」

信吾在茶店休息，討了水。里子咕嚕咕嚕連喝了兩杯。

走出大佛境內，又走了一會，只見穿舞衣的女孩被母親牽著手，似乎急著回家，越過里子身旁，信吾暗叫不妙，連忙摟住里子的肩膀，卻還是遲了一步。

「新衣服。」里子想拽住那女孩的袖子，

「不要！」女孩閃躲時，不慎踩到長長的袖子向後倒下。

「啊！」信吾大叫，摀住臉。

被車輾了。信吾只聽見自己的叫聲，不過似乎有很多人同時大叫。

車子發出刺耳的磨擦聲停下。驚恐呆立的人群中，有三、四人跑過去。

女孩猛然起身，緊抱母親的衣襬，哇哇大哭。

「好險，好險。幸好煞車反應靈敏。應該是高級轎車吧。」有人說。

「我告訴你，這要是輛破車，小孩就沒命了。」

里子像抽筋似的翻白眼。神情很可怕。

房子一再向女孩的母親道歉，詢問那孩子有無受傷，衣服有沒有破。母親神色恍惚。

穿和服的孩子終於不哭時，臉上濃厚的白粉已變得斑駁不勻，雙眼晶亮如洗。

---

5 七五三，日本傳統習俗，新生兒滿三十天至一百天必須去神社參拜，三歲、五歲、七歲那年的十一月十五日也會盛裝去神社參拜，感謝神明庇佑，並祈求兒童健康成長。

信吾沉默地回到家。

嬰兒的哭聲傳來，菊子哼著搖籃曲出來迎接。

「對不起，讓寶寶哭了。我真沒用。」菊子對房子說。

不知是被妹妹的哭聲感染，還是回到家終於放鬆，里子也開始哇哇大哭。

房子沒理會里子，從菊子手中接過嬰兒，立刻敞開胸脯。

「哎喲。乳房之間都是冷汗。」

信吾略微抬頭看著良寬[6]的「天上大風」那塊匾額走開。那是在良寬的作品還算便宜時買的，沒想到是假貨。被人指出後，信吾也已明白真假。

「我們也去看了晶子的歌碑。」他對菊子說。

「用晶子的字跡，刻的是『釋迦牟尼……』。」

「這樣啊。」

四

晚飯後，信吾獨自出門，沿路逛布料行和舊衣店。

不過，沒找到適合里子的和服。

一旦找不到，反而更在意。

信吾感到陰暗的恐懼。

女孩子就算年紀幼小，看到別的孩子有漂亮和服，還是會那麼渴望嗎？不知里子這種羨慕和欲望，僅僅只是比一般人稍微強一點，抑或是異樣強烈，在信吾看來，那簡直是瘋狂的發作。

那個穿舞衣的孩子要是真的被車撞死了，現在不知會是什麼局面。那孩子身穿寬袖和服的美麗模樣，歷歷浮現信吾眼前。那樣的華麗禮服，一般店面還真沒有。

可是，現在買不到衣服回去，信吾覺得連道路似乎都一片漆黑。

保子只給過里子舊浴衣做尿布嗎？房子的說話方式帶刺，應該不是騙人的吧？娘家連慶祝嬰兒出生和初次參拜神社時的和服都沒送嗎？說不定，房子當

6 良寬（1758-1831），江戶後期的曹洞宗僧侶，歌人，書法家。

時想要的是洋裝？

「忘了。」信吾自言自語。

保子是否跟他商量過這種事，他肯定已忘了，不過信吾和保子當初如果對房子多關注一點，就算女兒長得醜，或許也能生出可愛的外孫。某種無路可逃的自責，令信吾腳步沉重。

「若知生前身，若知生前身，當無可悲父。若無可悲父，自然亦無子，徒令我心憂……」[7]

信吾的心頭浮現這段謠曲的歌詞，卻也只是浮現，自然不可能像歌謠中的僧人那樣有什麼頓悟。

「前佛已然去，後佛未出世，生於夢中間，何以為現實。難得逢機緣，偶然生人間……」

當時里子想抓住跳舞女孩的那種兇惡又狂暴的脾氣，是遺傳自房子嗎？抑或是遺傳自相原？若是遺傳自母親房子，那又是來自身為房子父親的信吾，還是母親保子的基因呢？

如果當初信吾和保子的姊姊結婚，想必不會生出房子這樣的女兒，也不會生出里子這樣的外孫女吧。

這起意外，令信吾又開始像要抓住救命繩似地懷念故人。

就算如今已六十三歲，二十幾歲時過世的伊人，依然比他年長。

信吾回到家，只見房子抱著嬰兒，已經進被窩了。

和起居室之間的拉門敞開所以看得見。

「她們睡著了。」

見信吾望著那邊，保子說。

「她說胸口撲通撲通越跳越快，要靜一靜，吃了安眠藥後，就睡著了。」

信吾點點頭，

「把門關上吧？」

「好。」菊子站起來。

7 出自能劇《花月》，主角是半僧半俗的「喝食」美少年，從小與父親失散。

里子緊貼房子的背部。不過，眼睛似乎還睜著。這孩子有時就會這樣，動也不動地不發一語。

信吾沒提他出去給里子買衣服的事。

房子似乎也沒把里子吵著要和服，差點闖出大禍的事情告訴母親。

信吾去客廳。菊子送來炭火。

「妳也坐下吧。」

「好。馬上來。」菊子出去，用托盤端來茶道用的注水容器。拿那個容器或許不需要托盤，不過旁邊還放了什麼花。

信吾拿起花，

「這是什麼花？很像桔梗。」

「據說是黑百合……」

「黑百合？」

「對。是茶道的朋友剛才送來的。」菊子說著，打開信吾背後的壁櫥，取出小花瓶。

「這是黑百合？」信吾覺得很新奇。

「據那個朋友說，今年的利休[8]忌日，在博物館的六窗庵，遠州流茶道宗師的茶會上，就是插了黑百合和開白花的莢蒾，非常漂亮。是插在窄口的古銅花瓶……」

「嗯。」

信吾眺望黑百合。有兩支，每支莖上各有兩朵花。

「今年春天，不是下過十一次還是十三次雪嗎。」

「的確常下雪。」

「初春的利休忌日那天也是，據說積雪厚達三、四寸。黑百合也因此更顯得稀奇。據說這是高山植物。」

「顏色和黑山茶有點像呢。」

「是。」

8 利休（1522-1591），戰國至安土桃山時代的茶人，被稱為茶聖。

菊子給花瓶裝水。

「今年的利休忌日，聽說還展出了利休辭世時的墨寶，以及利休切腹用的短刀。」

「噢？妳那個朋友，是茶道老師嗎？」

「對。後來成了戰爭寡婦……幸好她以前精通此道，派上了用場。」

「她是什麼流派？」

「官休庵。是武者小路千家流。」

不懂茶道的信吾聽得一頭霧水。

菊子似乎在等著把黑百合插進花瓶，信吾卻遲遲不肯放下花。

「花有點下垂，是不是快枯了？」

「是。我裝了水。」

「桔梗或許也是垂著頭開花？」

「是嗎？」

「我覺得這比桔梗花小，妳說呢？」

「我覺得比較小。」

「乍看是黑色，卻又不是黑色，看似深紫也不是紫色，好像也有點深紅色。明天白天我再仔細瞧一瞧。」

「如果在陽光下，會透光看出紫紅色。」

花的大小，張開來似乎不到一寸，大約七、八分[9]吧。花瓣有六片，雌蕊尖端分成三股，雄蕊有四、五根。花莖上的葉片每段間隔約一寸，分成數段向四方伸展。就像較小的百合葉，長度大約一寸或一寸半。

最後信吾試著聞了一下花，

「像那種討厭的女人腥味。」他不小心脫口而出。

雖然他並不是指那種淫蕩的氣味，但菊子的眼皮微紅，低頭不語。

「味道令人失望。」信吾改口說，

「妳聞聞看。」

9　分，寸的十分之一，因此一分約為〇．三公分。

「我可不要像爸這樣做研究。」
菊子要把花插進花瓶，
「如果按照茶道的規矩，四朵花好像太多了，就這樣留著嗎？」
「嗯，就這樣留著。」
菊子把黑百合放到壁龕。
「那個壁櫥裡，原來擺花瓶的地方，放了面具，妳幫我拿出來好嗎。」
「好。」
剛才腦海浮現的謠曲歌詞，讓信吾又想起了能劇面具。
他拿著慈童的面具，
「這個是精靈，據說是永恆的少年。我買的時候跟妳說過嗎？」
「沒有。」
「公司有個谷崎小姐，我買下這面具時，曾經叫她戴上給我看。看起來很可愛，令我很驚訝。」
菊子把慈童的面具貼到臉上。

「這個繩子要綁在腦後？」

菊子的雙眸肯定正從面具的眼睛後方凝視信吾。

「如果不動，面具就不會出現表情喔。」

買回這面具的那天，信吾差點親吻那楚楚可憐的暗紅色嘴唇，感受到老天爺亂點鴛鴦譜似的怦然心動。

「木雖埋地底，猶有心花開……」

謠曲裡好像也有那樣的說法。

菊子戴著嫵媚少年的面具，把臉動來動去的樣子，令信吾不忍再看。

菊子的臉小，因此就連下巴尖都幾乎被面具遮住，從那若隱若現的下巴至咽喉，正默默滑過淚水。淚水分成兩三道，流個不停。

「菊子。」信吾喊道。

「妳今天見到朋友，是否考慮過如果和修一離婚，就去做茶道老師？」

戴著慈童面具的菊子點頭。

「就算離婚，我也想留在爸身邊，至少陪您喝喝茶。」她在面具底下明確地說。

里子的哭聲驟然炸響。

阿照在院子尖聲吠叫。

信吾感到不祥的預兆，但是菊子似乎正朝大門豎起耳朵，注意著連星期天八成也去找女人的修一是否回來了。

鳥屋

一

附近寺院的鐘聲，無論冬夏都在六點響起，信吾也不分冬夏，只要早上聽到鐘聲，就會早起。

雖說早起，也不見得離開被窩。換句話說，只是提早醒來。

不過，同樣是六點，冬天和夏天當然大不同。寺院的鐘聲一年四季都在六點敲響，因此信吾也覺得同樣是六點，但是夏天時六點已有太陽升起。

就算枕畔放著大型懷錶，還是得開燈戴上老花眼鏡，因此他很少看懷錶。沒有眼鏡，連時針和分針都難以分辨。

此外，信吾也沒必要在意鐘錶的時間起床。醒得太早反而很困擾。

冬天的六點還太早，但信吾在被窩待不住，有時會起床去拿報紙。

自從家裡沒有女傭後，菊子一早就起來做家事。

「爸，您這麼早起。」被菊子這麼一說，信吾有點尷尬。

「嗯。那我再去睡個回籠覺。」

「您去睡吧。現在連水都還沒燒開呢。」

菊子已經起床，令信吾安心地感到人的氣息。

冬天的清晨，如果天沒亮就醒了，是從什麼時候開始讓信吾覺得寂寞呢？

然而春天來臨後，信吾睡醒也覺得溫暖。

今早已過了五月中旬，信吾聽著晨鐘之後響起的老鷹叫聲。

「啊，果然在啊。」他咕噥，在枕上仔細聆聽。

老鷹在屋子上空大幅盤旋後，似乎飛向海那邊了。

信吾起床。

邊刷牙邊望著天空搜尋，卻沒看到老鷹。

然而，稚嫩甜美的聲音，似乎讓信吾家的上空逐漸變得柔和清澈。

「菊子，我們家的老鷹在叫呢。」信吾朝廚房喊道。

菊子把熱氣騰騰的米飯倒進飯桶。

「我沒注意，都沒聽見。」

「那傢伙果然在我們家。」

「是。」

「去年也叫得很響亮，大概是幾月來著。是現在這季節嗎。我記不清楚了。」

信吾站著看，於是菊子解開頭上的緞帶。

菊子似乎動輒就拿緞帶綁著頭髮睡覺。

菊子任由飯桶的蓋子敞開，忙著給信吾泡茶。

「有那隻老鷹在，那我們家的畫眉應該也在。」

「是，也有烏鴉喔。」

「烏鴉……？」

信吾笑了。

老鷹如果是「我們家的老鷹」，那麼烏鴉應該也是「我們家的烏鴉」。

「這個屋子，我以為只住了人，沒想到也住著各種鳥類。」信吾說。

「很快也會有跳蚤和蚊子。」

「別說這種話嚇唬人。跳蚤和蚊子可不是我們家的住戶。牠們不曾在這個家過年。」

「冬天也有跳蚤，所以說不定有過年喔。」

「可是，跳蚤的壽命有多長我不清楚，總之應該不是去年的跳蚤吧。」

菊子看著信吾笑了。

「那條蛇，也到了該出現的時候。」

「妳是說去年嚇到妳的那條錦蛇？」

「對。」

「那好像是我們這房子的主人。」

去年夏天，買菜回來的菊子，在後門口看到那條錦蛇，嚇得發抖。

菊子的叫聲，引得阿照跑來，瘋狂吠叫。阿照低著頭，作勢要咬蛇，隨即倒彈四、五尺，接著再次逼近作勢攻擊。就這樣一再重複。

蛇微微昂首，吐出赤紅的蛇信，卻對阿照正眼也不瞧，開始靜靜滑動。隨即沿著後門的門檻溜走了。

根據菊子的敘述，蛇身超過後門的兩倍長，換句話說超過六尺。比菊子的手腕還粗。

菊子說得很激動，保子卻從容不迫，

「那是我們家的屋主，早在菊子嫁來的多年前就在這裡了。」

「阿照如果咬了它，不知會怎樣。」

「那肯定是阿照輸。會被蛇身纏住……牠也知道這點，所以只叫不攻。」

菊子後來有一陣子都很害怕，不敢走後門。改由正門進出。想到地板底下或天花板藏著那麼大的蛇，就覺得毛骨悚然。

不過，錦蛇應該在後山。很少露面。

後山不是信吾的所有地。也不知屬於誰。

後山緊鄰信吾家，坡面陡峭，對山上的動物而言，和信吾家的院子似乎毫無界線。

後山的花和葉子也有很多掉進院子。

「老鷹回來了。」信吾嘀咕，然後扯高嗓門，
「菊子，老鷹好像回來了。」
「真的欸。這次我聽見了。」菊子稍微抬頭仰望天花板。
老鷹的叫聲持續了好一會。
「剛才牠去海上了？」
「聲音好像是往海那邊去。」
「它去海上找到了食物，所以才回來吧。」被菊子這麼一說，信吾也覺得可能是這樣，
「要不要找個它看得見的地方，放幾條魚給它？」
「阿照會叼走。」
「放在高一點的地方。」
去年和前年也是如此，信吾醒來，聽到這老鷹的叫聲，就會感到溫情。
看來不只是信吾，「我們家的老鷹」這個說法，已在家人之間通用。
不過，就連那老鷹是一隻還是兩隻，信吾都無法確定。記得有一年，好像

見過兩隻老鷹聯袂在自家上空飛舞。

此外，幾年來聽見的是否真的都是同一隻老鷹的叫聲呢？會不會換過老鷹？該不會上一代的老鷹不知幾時死了，現在換成下一代的老鷹叫？今早是信吾第一次這麼想。

如果原先的老鷹已死，今年是新的老鷹在叫，信吾一家人卻不知情，還一直當成自家的一隻老鷹，在半夢半醒之際聽著那叫聲，那就更有意思了。

鎌倉多小山，因此這隻老鷹選擇信吾家的後山居住，仔細想想也很不可思議。

有句話說「難遇而今得遇，難聞卻已得聞」[1]，老鷹或許也是如此。

不過，即便有老鷹同住，也只聞稚嫩啼聲不見老鷹蹤影。

二

家裡只有菊子和信吾起得早，因此早上兩人會說上幾句話，但信吾和修一

1 出自親鸞聖人《教行信証》總序。是親鸞二十九歲遇見法然，得以聆聽教誨的感言。

父子倆閒聊的機會，大概只有上下班搭乘同一班電車時。

過了六鄉的鐵橋後，再過不久就會出現池上森林。早上從電車上眺望池上森林，已成信吾的習慣。

不過，看了這麼多年，卻是直到最近，才在那森林發現兩棵松樹。只有那兩棵松樹高出一截。兩棵松樹彷彿要相擁，上半身互朝對方歪斜。樹梢也靠得很近，彷彿馬上就要抱在一起。

那片森林只有兩棵松樹特別高，照理說不想看也自然會看到，可是信吾以往竟然沒注意到。不過一旦發現後，從此兩棵松樹總是率先映入眼簾。今早在大雨中，兩棵松樹也看似朦朧。

「修一。」信吾喊道，

「菊子哪裡不舒服？」

「沒什麼事。」

修一在看週刊雜誌。

他在鎌倉車站買了兩種雜誌，把其中一本給了父親。但信吾拿著一直沒看。

「到底哪裡不舒服？」信吾沉著地又問了一次。

「她說頭疼。」

「真的嗎？我聽你媽說，昨天她去東京，傍晚回來後，就一直躺著，樣子很不尋常。你媽也察覺，她在外面似乎出了什麼事。晚飯也沒吃。就連你九點左右回來時也是，你一去房間，她不也在低聲暗自哭泣嗎？」

「我想休息兩三天應該就好了。不是什麼大事。」

「不見得吧。頭疼應該不會那樣哭吧。今天也是，黎明時她不也在哭。」

「是。」

「房子送吃的去，她似乎極端排斥房子進房間，還把臉藏起來……惹得房子嘀嘀咕咕抱怨。所以我想問問你，究竟是怎麼回事。」

「聽起來好像全家都在刺探菊子的動靜。」修一說著抬眼裝傻，

「菊子偶爾也會生病嘛。」

信吾聽了很生氣。

「那你說，她生的是什麼病。」

「是流產。」

修一終於不情願地說。

信吾愣住了。他看著前面的座位。兩人都是美國大兵，打從一開始他就認定對方應該不懂日語，所以才放心跟兒子說話。

信吾聲音嘶啞，

「去找醫生做的？」

「對。」

「是昨天？」信吾失神地呢喃。

修一也停止看雜誌。

「是的。」

「當天就回來了？」

「是。」

「是你讓她這樣做的？」

「是她自己堅持這麼做，勸都勸不動。」
「菊子自己決定的？你騙人。」
「是真的。」
「這是為什麼。為什麼會讓菊子產生這種想法。」
修一沉默。
「是你的錯吧？」
「或許是吧，但總之她賭氣地堅持現在絕對不要孩子。」
「你如果想阻止，還是阻止得了。」
「現在不行吧。」
「你所謂的『現在』是什麼意思？」
「爸您應該也知道，換言之，現在這種狀態下，我不會要孩子。」
「意思是說，在你有外遇的狀態下？」
「可以這麼說。」
「『可以這麼說』是什麼意思。」

信吾很憤怒，幾乎喘不過氣。

「那等於是菊子的半自殺。你不覺得嗎？與其說是對你的抗議，那一半是自殺。」

修一被信吾的激怒嚇到了。

「是你殺了菊子的靈魂。永遠無法挽回。」

「菊子的靈魂，別看她那樣，其實相當倔強。」

「她是女人。是你的妻子。只要你換個態度，溫柔地安慰她，她肯定很樂意把孩子生下來。外遇的問題另當別論。」

「問題是，不能另當別論。」

「菊子應該也很清楚，你媽有多盼望抱孫子。遲遲不生孩子，會讓菊子在家裡有多麼難做人。她渴望的東西，卻不能生下來，都是因為你殺死了菊子的靈魂。」

「那有點不對吧。菊子似乎有她的潔癖。」

「潔癖？」

「懷孕好像讓她很不甘心……」

「嗯？」

那是夫妻之間的事。

信吾懷疑，修一真的讓菊子感到那麼屈辱和厭惡嗎？

「這話我不相信。就算菊子那樣說，做出那樣的舉動，也不代表是她真正的想法。丈夫歸咎於妻子的潔癖，不正足以證明愛情的淺薄嗎？天底下有哪個傢伙會把女人鬧彆扭當真。」說著，氣勢已經有點受挫。

「你媽如果得知錯失抱孫子的機會，還不知會說什麼。」

「不過，這下子證明菊子也能生孩子，媽應該也會安心吧。」

「你說什麼？你能保證以後還會生嗎？」

「我可以保證。」

「說這種話，證明你對上蒼毫無敬畏。證明你不愛人。」

「您說得太複雜了。這其實很簡單吧。」

「這一點也不簡單。你仔細想想。菊子不是都哭成那樣了。」

「其實我自己也不是不想要小孩，但是現在兩人的狀態不好，這種時候，不可能生出什麼健全的孩子。」

「你所謂的狀態，我不知道是指什麼，但菊子的狀態一點也不差。狀態不好的，只有你自己。菊子的個性就不可能會有狀態欠佳的時候。都是因為你不肯排解菊子的嫉妒。所以才失去了孩子。說不定光是失去孩子還無法了事喔。」

修一吃驚地看著信吾的臉。

「你下次再在女人那裡喝得爛醉回來，把穿著髒鞋子的腳放在菊子膝上，叫她給你脫鞋試試看。」信吾說。

三

當天，信吾去銀行洽公，順便和銀行的友人去吃午餐。聊到兩點半左右。他從餐廳打電話回公司交代一聲後，就直接回家了。

菊子抱著國子，坐在走廊上。

信吾的提早回來令她手足無措，連忙想起身。

「沒事，妳坐著就好。不躺著沒問題嗎？」信吾也來到走廊。

「是。現在正想替寶寶換尿布。」

「房子呢？」

「大姊帶里子去郵局了。」

「她去郵局能有什麼事。所以就把寶寶托妳照顧？」

「等一下喔。我先伺候外公換衣服喔。」菊子對嬰兒說。

「不用，不用。妳先替寶寶換尿片。」

菊子含笑仰望信吾。唇間微露細小貝齒。

「外公說要先替國子換尿片呢。」

菊子穿著花俏的家居和服，腰上繫著細腰帶。

「爸，東京的雨也停了嗎？」

「雨啊，我在東京車站搭車時有下雨，不過等我下了電車，已經是好天氣。我也沒留意是在哪裡放晴的。」

「鎌倉也是直到剛剛還在下，雨停之後，大姊就出門了。」

「山上還是濕的呢。」

嬰兒被放在走廊躺平後，舉起赤裸的雙腿，用雙手抓著自己的腳趾，比起雙手，雙腳更能自由活動。

「對對對，看山上喔。」菊子擦拭嬰兒的兩腿之間。

美國軍用機低空飛來。嬰兒被聲音嚇到，抬眼看山。雖然看不見飛機，但是巨大的影子落在後山斜坡上，就此掠過。嬰兒想必也看到了影子。

嬰兒純真地吃驚時，眼中閃現的光芒驀然打動信吾的心。

「這孩子沒經歷過空襲。已經有很多沒經歷過戰爭的孩子出生了。」

信吾湊近看著國子的眼睛。光芒已經淡定。

「剛才國子的眼神，應該拍張照片才對。把山上的飛機影子也拍進去。至於下一張照片中……」

嬰兒被飛機擊中，不幸慘死。

信吾本想這麼說，但是想到菊子昨天才做了人工流產，於是沒說出口。

不過，像他幻想的這兩張照片中的嬰兒，在現實中肯定不計其數。

菊子抱起國子，一手把尿布包成一團，去了浴室。

信吾心想自己是擔心菊子才提早回來，一邊回到起居室。

「你今天怎麼這麼早回來。」保子也進來了。

「妳剛剛去哪了？」

「我在洗頭髮。雨停後，被太陽熱辣辣地一曬，我的頭就發癢。老年人的頭，好像動不動就會癢。」

「我的頭可沒這麼容易癢。」

「那大概是你的頭生得好。」保子笑了，

「我知道你回來了，可是如果披著濕頭髮就出來，你肯定嚇一跳，我怕會挨罵。」

「老太婆披著濕髮的確不能看。乾脆剪短，綁個小揪揪算了。」

「就是啊。不過，那種髮型，不只是老太婆，江戶時代，男女都會梳那種髮型，把頭髮剪短，綁在腦後，讓那束馬尾看起來像茶刷一樣。歌舞伎就有出現那種髮型。」

「不用綁在腦後，我是說只是剪短垂著的髮型。」

「這個年紀那樣剪短也行。不過，你和我頭髮都很多。」

信吾壓低嗓門，

「菊子沒有躺著休息嗎？」

「對，她稍微起來了……我看她氣色很差。」

「還是別讓她帶小孩比較好吧。」

「房子說聲『幫我照顧一下』，把孩子放到菊子的被窩就走了。因為孩子當時睡得很熟。」

「那妳替她照顧不行嗎？」

「國子哭的時候，我正在洗頭。」

保子站起來，替信吾拿來替換的衣服。

「你回來得這麼早，我還以為你也有哪裡不舒服。」

菊子似乎要從浴室回到他們夫妻自己的房間，於是信吾喊道，

「菊子，菊子。」
「是。」
「妳把國子帶過來。」
「好，馬上來。」
菊子牽著國子的手，讓她走來。她綁了腰帶。
國子抓著保子的肩膀。正在拿刷子替信吾的長褲撣灰的保子伸長身子，把嬰兒抱到膝上。
菊子把信吾的西裝拿走了。
收進隔壁房間的西式衣櫃後，菊子慢慢關上門。
那扇櫃門的內側鑲了鏡子，看到自己映在鏡中的臉，她似乎吃了一驚。好像拿不定主意該來起居室還是回去躺著。
「菊子。妳還是躺著比較好吧。」信吾說。
「是。」
隨著信吾的話聲響起，菊子的肩膀動了一下。她沒看這邊，去了房間。

「你不覺得菊子的樣子不大對勁？」保子蹙眉。

信吾沒回答。

「到底是哪裡不舒服都不肯說清楚。起來走了幾步，好像就會一頭栽倒，叫人很擔心。」

「是啊。」

「總之，修一那件事，一定得設法解決。」

信吾點頭。

「你去跟菊子好好談一談吧？我帶著國子去接她媽媽，順便買點晚餐的菜。真是的，房子也是。」

保子抱著嬰兒站起來。

「房子去郵局到底有什麼事？」信吾說，保子也轉頭說，

「我也在好奇這個問題。她該不會是去寄信給相原吧。他們都分開半年了……她回來已經快半年囉。因為她是除夕夜回來的。」

「如果要寄信，附近就有郵筒。」

「這個嘛，她大概認為總局寄出的信，會更迅速確實地送到吧。說不定她忽然想起相原，就變得迫不及待。」

信吾苦笑。他感到保子的樂觀主義。

好歹是能夠維持家庭到老的女人，身上似乎都有樂觀的天性。

信吾撿起保子似乎剛看過的四、五天份的報紙，隨意瀏覽，發現「二千年前的蓮花開花」這篇稀奇的報導。

去年春天，千葉市檢見川的彌生式古代遺跡的獨木舟內，發現三顆蓮子。根據推斷約為二千年前的蓮子。某蓮花博士把蓮子催生發芽後，於今年四月，將幼苗分別種植在千葉農業試驗場、千葉公園的池塘，以及千葉市畑町的釀酒商這三處。釀酒商據說就是協助挖掘遺跡的人。他是用大鍋裝滿水種植，放在院子。結果那個釀酒商的蓮花，率先開花了。蓮花博士接到通知趕來，撫摸著美麗的花朵說「開了，開了」。報導指出，花朵會從「酒瓶形」變成「茶杯形」、「碗形」，最後整個盛開成「盤形」再凋謝。文中還提到花瓣有二十四瓣。

報導下方，也有戴著眼鏡頭髮花白的博士，扶著含苞待放的蓮花花莖的照片。信吾重讀一遍，發現博士的年齡是六十九歲。

信吾盯著蓮花的照片看了一會後，拿著那份報紙，去了菊子的房間。

那是她和修一的房間。菊子陪嫁的書桌上，放著修一的紳士帽。菊子或許原本打算寫信，帽子旁邊放著信紙。桌子抽屜前，鋪著繡花布。

好像有香水味。

「怎麼樣？還是不要一直起來比較好吧？」信吾在桌前坐下。

菊子睜開眼，凝視信吾。她想爬起來，但信吾叫她別起來，她似乎有點為難，臉頰泛紅。不過，額頭蒼白虛弱，眉毛看起來很美。

「二千年前的蓮子居然開花了，這篇報導妳看了嗎？」

「是，看過了。」

「看過了啊。」信吾咕噥後，

「如果妳直接告訴我們，不就不用硬撐了嗎。手術做完當天就回來，身體吃得消嗎？」

菊子吃了一驚。

「我們聊到孩子，應該是上個月的事吧……那時候，妳就已經知道了吧。」

菊子在枕上搖頭。

「那時候，我還不知道。要是知道了，我哪還好意思談小孩的事。」

「是嗎。修一說這是妳的潔癖。」

看到菊子眼中浮現淚光，信吾沒再說下去。

「不用再去看醫生嗎？」

「明天要去一下。」

到了隔天，信吾從公司一回來，保子就迫不及待說，

「菊子她啊，回娘家了。說是在睡覺……大概兩點左右吧，佐川家打電話來，是房子接的，親家說菊子回去了，聲稱有點不舒服，躺下就睡了，還說不好意思，這兩三天，要讓菊子在娘家靜養，然後再回來。」

「是嗎。」

「我叫房子說，明天就讓修一過去探望。電話那頭好像是親家母。菊子是跑回娘家睡覺嗎？」

「不是。」

「這到底是怎麼回事。」

信吾脫下西裝外套，為了解開領帶，慢吞吞仰著頭說，

「她剛拿掉孩子。」

「什麼？」保子大吃一驚。

「天啊，居然瞞著我們……菊子那種人也會這麼做？現在的人真可怕。」

「媽，是妳太糊塗。」房子抱著國子，走進起居室，

「我早就發現了。」

「妳怎麼發現的？」信吾不禁質問。

「這種事我不好意思說。總之得做善後處理吧。」

信吾啞然。

都苑

一

「我們家老爸，可真有意思。」晚餐後，房子粗魯地把碗盤堆疊在托盤上，

「對待自己的女兒，比他對待外來的媳婦還客氣。媽，妳說是吧？」

「房子。」保子喝止她。

「本來就是嘛。嫌菠菜煮過頭，就直說煮過頭不就得了？況且又沒有煮到爛成泥，菠菜的形狀還在呢。最好讓人用溫泉煮啦。」

「怎麼又扯上溫泉？」

「不是會用溫泉煮蛋或是蒸豆沙包嗎？媽給我吃過某某地方的放射能溫泉蛋。蛋白很硬，蛋黃很軟……京都的絲瓜亭那個地方，不是說很會煮？」

「絲瓜亭？」

「我是說瓢亭啦。這種基本常識，我就算貧窮也知道。我的意思是說煮菠菜這種小事，哪有分什麼會不會煮[1]。」

保子笑了出來。

「如果用放射能溫泉，算好熱度和時間來煮菠菜吃，爸肯定也會像大力水手一樣，就算菊子不在，也能精神百倍。」房子毫無笑容地說。

「我可不喜歡。感覺鬱陰鬱的。」

房子用膝頭的力量頂起沉重的托盤，

「傻男兒子和美女媳婦不在家，連飯菜都變難吃了嗎。」

信吾抬起頭，和保子四目相接。

「話真多。」

「對呀。因為以前不敢說話也不敢哭嘛。」

「小孩子哭那是沒辦法。」信吾咕噥著，微微張嘴。

「不是小孩子喔，是我。」房子一邊搖搖晃晃地去廚房，一邊說，

「嬰兒哭是理所當然。」

她把碗盤砰的一聲扔進水槽的聲音響起。
保子吃驚地直起腰。
房子的啜泣聲傳來。
里子抬眼看保子，小跑步去了廚房。
信吾覺得那種眼神很討厭。
保子也站起來，抱起一旁的國子，放到信吾膝上。
「你看著一下這孩子。」
然後去了廚房。
信吾抱著國子，小孩身體綿軟，因此他用力摟到肚子上。他握著嬰兒的小腳。纖細的腳踝和胖嘟嘟的腳掌，都收進信吾的掌中。
「癢嗎？」
然而，嬰兒似乎不懂什麼是癢。

1 絲瓜在日文中也有隱喻「廢物、拙劣」之意，此處用絲瓜和瓢（匏瓜）這個雙關語。

房子還在吃奶時，讓她脫光躺著要換衣服時，信吾給她的身子兩側撓癢，房子好像還皺起鼻子揮舞小手，但他已經記不清楚了。

信吾以前很少說嬰兒時期的房子長得醜。因為每當想說時，就會浮現保子姊姊美麗的倩影。

信吾本來還期待嬰兒的臉孔長大後會女大十八變，可惜期待落空，而且期待也一年比一年降低。

外孫女里子的容貌，似乎比母親房子好一點，還是小嬰兒的國子尚有希望。

如此看來，自己甚至在外孫女身上尋找保子姊姊的身影嗎？信吾厭惡自己。

信吾雖然自我厭惡，不過，菊子拿掉的孩子，這個失去的孫兒，或許才是保子姊姊的投胎轉世？而且或許是不容誕生這人世間的美女？他陷入這樣的妄想，越發被自己嚇到。

當他握著嬰兒小腳的手鬆開，國子就從信吾的膝上站起來朝廚房那邊走。

雙手伸向前方畫圈，雙腳搖搖晃晃，因此信吾不禁喊道：「小心！」嬰兒頓時摔倒。

她向前撲倒，又往旁邊滾，保持那個姿勢好半天都沒哭。

里子拽著房子的袖子，保子抱著國子，四人回到起居室。

「媽，妳看爸，失魂落魄的。」房子邊擦餐桌邊說，

「爸下班回來，換衣服時，他自己把內衣與和服都穿成左衽[2]，直到要綁腰帶時才覺得不對勁，站在那裡發愣。妳說天底下有這種人嗎？爸應該也是生平第一次穿錯吧。可見他恍神得有多嚴重。」

「不，以前也有過一次。」信吾說。

「當時，菊子告訴我，在琉球，好像右衽或左衽都可以。」

「啊？在琉球？真的假的啊。」

2 左衽，和服的正確穿法應是右衽，右襟在下，左襟在上，交叉於右側成y字型，左衽是亡者的服飾穿法。

房子的臉色又變了。

「菊子為了討爸的歡心，很會動腦筋，真聰明啊。『在琉球』啊。」

信吾按捺怒火，

「繻袢[3]這個名詞，本來是葡萄牙文。既然是葡萄牙，誰知道應該是左衽還是右衽。」

「這也是菊子這個萬事通說的？」

保子從旁打圓場說，

「夏天的浴衣，妳爸也經常穿反呢。」

「不小心穿反，和恍神地穿成左衽，這是兩回事。」

「不信妳讓國子自己穿衣服試試。她肯定搞不清楚該右衽還是左衽。」

「爸要返老還童還早呢。」房子用執拗的語氣說，

「媽，妳都不覺得窩囊嗎？兒媳婦只不過回娘家一兩天，爸也不至於把衣服穿錯吧。親生女兒都已經回娘家半年了不是嗎？」

房子在除夕的大雨中回來後，的確已經快半年了。女婿相原不聞不問，信

吾也沒有主動去見相原。

「是要半年了呢。」保子也跟著附和，

「房子的事和菊子的事無關。」

「真的無關嗎？我倒認為兩者都和爸有關。」

「那是因為牽涉到孩子。還要請妳爸解決呢。」

房子低頭沒接話。

「房子，這種時候，妳不妨把想說的話通通敞開說出來。這樣會很痛快。正好菊子也不在。」

「都是我的錯，所以我也沒什麼好敞開說的，不過就算少了菊子親手做的好菜，我也希望你們能默默吃下去。」房子又快哭了，

「難道我說的不對嗎？爸悶不吭聲，看起來就食不下嚥。我當然也會有點失落。」

3 襦袢（jyuban）是和服的內衣，據說語源來自葡萄牙語的 gibão。

「房子，妳想必有很多話想說。房子，妳兩三天前去郵局，是去寄信給相原吧。」

房子似乎很驚訝，但她搖頭。

「妳應該沒別的地方要寄信，所以我認為是寄給相原。」

保子今天反常地尖銳。

「難不成是寄錢給他？」聽到保子這麼說，信吾察覺，保子八成瞞著信吾塞了零用錢給房子。

「相原在哪裡？」

說著，信吾正色面對房子，等她回話，但他又說：

「相原好像不在家。我讓公司的人每個月去看一次情況。與其說是看情況，主要還是每個月給相原的媽媽送點生活費。因為房子如果還在相原家，或許本該由房子照顧她。」

「啥？」

保子愣住了，

「你讓公司的人去做這件事？」

「那人很守本分，不該知道的事情絕對不問也不說，所以不用擔心。相原如果在家，我想找他談談房子的問題，可是現在去他家就算見到不良於行的老太太也沒用。」

「相原到底在做什麼。」

「好像是在暗中賣麻藥之類的，而且八成是當別人的手下。他已經從酗酒，變成自己率先染上藥癮了。」

保子驚恐地望著信吾。比起相原的事，她似乎更害怕一直隱瞞這件事的丈夫。

信吾繼續說道，

「不過，他那個不良於行的老媽媽，好像也已經不在那裡了。有別人住進去。房子的婆家等於消失了。」

「那麼，房子的行李呢？」

「媽，衣櫃和行李箱早就已經空了。」房子說。

「是嗎？妳就拎著一個包袱回來，也真是爛好人。傷腦筋……」保子嘆氣。

信吾懷疑，房子或許知道相原的行蹤，還有聯絡。

此外，無法幫助相原免於墮落的，究竟是房子，信吾，相原自己，抑或誰也不是？信吾瞥向天色漸暗的院子。

二

十點左右信吾到公司一看，谷崎英子留了一封信。

信上寫著，為了少夫人的事特來拜訪，晚點再來。

英子寫的「少夫人」，自然是菊子。

信吾只好詢問接替離職的英子，在信吾辦公室當事務員的岩村夏子。

「谷崎是幾點來的？」

「嘿——我剛來上班，正在擦桌子的時候，所以應該是剛過八點吧。」

「她可曾等一下？」

「嘿——等了一會。」

信吾很討厭聽到夏子笨重遲鈍的「嘿——」那句口頭禪。也許是夏子的鄉下口音。

「她去見過修一嗎？」

「沒有。應該是沒見就走了。」

「是嗎。八點多的話……」信吾自言自語。

英子八成是去洋裁店上班前順路過來吧。如果要再來，大概只能趁午休時間。

信吾又看了一次英子寫在大張白紙上的小字後，眺望窗外。

那是五月之中最有五月風情的蔚藍晴空。

信吾在橫須賀線的電車上也一路望著這片天空。看天空的乘客全都把窗子打開了。

緊貼著六鄉川粼粼波光掠過的飛鳥，也閃爍銀光。紅色車身的公車駛過北邊的橋，似乎亦非偶然。

「天上大風，天上大風……」信吾不由反覆念誦假良寬匾額上的字句，但是當他看到池上森林，

「咦？」他差點把身子探出左邊窗口。

「那松樹，或許不是在池上森林喔。位置更近。」

高出一截的兩棵松樹，今早一看，似乎在池上森林的前方。

或許因為當時是春天，又在下雨，所以才這樣模糊了遠近距離感？

信吾繼續從車窗眺望，努力試圖確定。

此外，他每天都是從電車上遠眺，因此也忽然心生一念，想實際去那個有松樹的地方確認。

不過，雖說是每天，其實是最近才發現那兩棵松樹。長年來，他只是在經過時心不在焉地望著池上本門寺的森林。

然而，今天他頭一次發現，那高聳的松樹似乎不在池上森林。因為五月早晨的空氣清新乾淨。

對那兩棵上半身朝對方傾斜，樹梢幾乎抱在一起的松樹，信吾有了二度發

現。

昨天晚餐後也是，信吾提到自己定期派人探訪相原家，對相原的老母親稍有資助後，本來激怒的房子，就默默安分下來了。

信吾憐憫房子。他覺得彷彿從房子的內心發現了什麼，但是究竟發現了什麼，並不如發現池上的松樹時那麼清晰。

說到那池上的松樹，兩三天前，信吾就是看著松樹，在電車上質問修一，令兒子坦承菊子做了人工流產。

如今松樹不再只是松樹，松樹已和菊子的墮胎纏繞在一起。每次通勤往返的路上看到這松樹，信吾或許就會被迫想起菊子。

今早當然也是。

修一和盤托出的那個早上，兩棵松樹在大雨中朦朧不清，與池上森林融為一體。可是今早，松樹和森林分開，與墮胎纏繞後，似乎看起來顏色髒髒的。

也許是因為天氣太好。

「即便是天氣晴朗的日子，人心也烏雲密布。」信吾嘀咕著廢話，不再眺望被辦公室窗子框出的那方天空。他開始工作。

中午過後，英子打電話來。她說忙著做夏裝，今天沒空過來。

「妳已經能夠勝任新工作，甚至到抱怨太忙的地步？」

「是。」

英子沉默片刻。

「妳現在是從店裡打來？」

「是。不過，絹子不在。」她爽快提及修一的女人。

「我是等絹子出門後才打電話。」

「嗯哼？」

「那明天早上，我會去拜訪您。」

「早上嗎？還是八點左右？」

「不，明天我會等您。」

「這麼嚴重的急事？」

「對，好像不算急事，又有點急。以我的心情而言，是急事。我想趕緊跟您說。所以太激動了。」

「妳很激動？是修一的事？」

「等見面再說。」

英子的「激動」不可信，但她連著兩天來訪想面談，令信吾感到不安。

不安越來越強，信吾終於在三點左右打電話去菊子的娘家。

是佐川家的女傭接電話，在菊子來接聽之前，電話裡只有美妙的音樂不斷迴響。

菊子回娘家後，信吾沒有和修一談論過菊子。修一似乎刻意回避。

此外，對於去佐川家探望菊子，信吾也因擔心把事情鬧大而作罷。

以菊子的個性，信吾猜想，八成沒有對娘家的父母兄弟吐露絹子和流產之事。不過，這也很難說。

話筒傳來的美妙交響樂之中，

「……爸。」菊子親暱地喊道。

「爸，讓您久等了。」

「噢。」信吾鬆了一口氣，

「妳身體怎麼樣？」

「是。已經沒事了。是我太任性，很抱歉。」

「哪裡。」

信吾詞窮了。

「爸。」菊子再次喜悅地喊道，

「我想見您。現在過去拜訪方便嗎？」

「現在？妳可以出門？」

「是。還是早點見您，這樣回家時才不會不好意思，應該比較好吧。」

「是嗎。那我在公司等妳。」

音樂還在繼續。

「喂？」信吾催促，

「這音樂不錯。」

「哎呀，我忘了關……這是芭蕾舞曲《仙女們》。是蕭邦的組曲。我會帶唱片回去。」

「妳現在馬上過來嗎？」

「是。不過，我不想去公司，所以還在考慮。」

最後，菊子提議在新宿御苑碰面。

信吾有點錯愕，不禁笑出來。

菊子似乎認為這是好主意，

「爸看到滿眼綠意應該也會心情更清爽吧。」

「新宿御苑啊，我記得以前因為某種機緣，好像去看過一次狗類展覽。」

「那爸也把我當成狗去看就好了。」菊子笑了，後方依然可聽見芭蕾舞曲。

三

按照和菊子的約定，信吾從新宿一丁目的大木戶門走進御苑。

門檻旁，豎立著「出租嬰兒車一小時三十圓，蓆子一天二十圓起」的告示牌。

有一對美國夫妻，丈夫抱著小女孩，妻子牽著德國短毛指示犬。來御苑的，不只是美國夫妻，不過都是年輕情侶，緩緩漫步的，只有美國人。

信吾自然而然跟在美國人後面。

道路左邊茂密看似落葉松的植物是喜馬拉雅雪松。信吾以前來參加動物保護協會之類的慈善園遊會時，見過大片漂亮的喜馬拉雅雪松，不過那是在哪一帶，現在想都想不起來。

右側的樹上，掛著側柏或美松之類的名牌。

信吾以為自己應該比菊子早到，因此緩步前行，可是從大門走進來不遠就是池塘，只見菊子背對池邊的銀杏樹，已在長椅上等候。

菊子轉頭，欠身鞠躬。

「妳來得好早。距離四點半還有十五分鐘呢。」信吾看手錶。

「接到爸的電話，我真的很高興，所以立刻出門了。我簡直說不出有多高興。」菊子迅速說。

「那妳等很久了？穿那麼少沒關係？」

「是。這件是我念女校時的毛衣。」菊子倏然害羞，

「娘家已經沒有我的衣服了。也不好意思穿姊姊的和服來。」

菊子是八兄妹中的老么，姊姊們都出嫁了，所以她說的姊姊應該是嫂子吧。

她的深綠色毛衣是短袖，這似乎是信吾今年頭一次看到菊子裸露手臂。

菊子為自己回娘家住的事略顯鄭重地向信吾道歉。

信吾不知該如何應對，只是溫和地說，

「可以回鎌倉了？」

「是的。」

菊子坦誠點頭，

「我想回去。」說著，抖動美麗的肩膀，凝視信吾。信吾沒看清她肩膀是怎麼動的，但那種溫柔的氣息，令他一驚。

「修一去看過妳嗎？」

「對。不過，如果沒有爸打電話來……」

還是會找不到台階回婆家嗎？

菊子的話只說了半截，就離開銀杏樹的樹蔭。

沉重覆蓋喬木的綠葉，幾乎垂落在菊子背影的細頸上。

池塘略帶日本風情，小小的中心島上，白人士兵一腳踩在石燈籠上，和妓女嬉戲。岸邊的長椅上，也有年輕情侶。

隨著菊子向前走，往池塘右邊穿過林間後，

「這裡好大。」信吾很驚訝。

「爸一定也覺得心曠神怡吧。」菊子似乎很得意。

不過，信吾在路旁的枇杷樹前駐足，沒有立刻走向那廣闊的草坪。

「真是漂亮的枇杷樹。沒有東西阻擋，所以連下方的枝椏，都能盡情伸展。」

樹木自由且自然成長的模樣，令信吾有種豐饒的感動。

「樹形很不錯。對了，我上次來看狗的時候，也有成排高大的喜馬拉雅雪松，也是連底下的枝椏都盡情伸展，讓人看了很痛快。那是在哪裡？」
「靠新宿那邊。」
「對了，我上次就是從新宿那邊進來的。」
「剛才在電話中也聽您提起，您說那次是來看狗？」
「嗯。狗倒是沒那麼多，是動物保護協會的募款園遊會。日本人很少，多半是外國人。大概是占領軍的家人和外交官吧。那時是夏天。把紅色薄紗或水藍色薄紗層層裹在身上的印度姑娘們很漂亮。還有美國和印度攤子。當時那種情景很稀奇。」
那是兩三年前，但到底是哪一年，信吾想不起來。
不過說著說著，已從枇杷樹前邁步走開。
「我們家院子的櫻花，也該把樹根的八角金盤清除吧。等妳回來了，記得提醒我別忘掉。」
「好。」
「那棵櫻樹的枝椏沒修剪過，所以我喜歡。」

「小枝椏很多，開得滿樹都是花……上個月盛開時，我和爸還在樹下聽過佛都七百年祭典的寺院鐘聲呢。」

「這種事妳也記得啊。」

「哎喲，我一輩子都不會忘喔。當時還聽見老鷹叫。」

菊子依偎信吾，從高大的山毛櫸下走到遼闊的草坪。

大片綠地一覽無遺，令信吾心胸開闊。

「噢，好開闊。真不像日本，簡直難以想像東京市區就有這樣的地方。」

說著，他眺望朝新宿那邊鋪展而去的綠地。

「據說在vista方面頗費了一番心思，看起來景深會格外深邃。」

「畢斯塔是什麼意思？」

「應該是指展望線吧。草坪邊緣和裡面的小徑，都是徐緩的曲線。」

菊子說以前從學校過來時，曾聽老師這麼說明。這片散布喬木的大草坪，據說是英國風景園林的樣式。

出現在大草坪上的人，幾乎都是年輕情侶。雙雙對對在草地上或坐或臥，或者緩緩漫步。也有五、六人結伴的女學生和少許孩童，但這個約會樂園把信吾嚇了一跳，覺得自己來錯地方。

就像皇家御苑被解放，這大概也是年輕男女被解放的風景。

信吾和菊子走進草坪，即便在約會的情侶之間穿梭，也沒人瞧兩人一眼。信吾經過時盡量避開那些人。

不過，不知菊子是怎麼想。只不過是年邁的公公和年輕的兒媳來公園，卻讓信吾有點不自在。

菊子在電話中說要在新宿御苑碰面時，信吾還沒怎麼在意，來了之後才感覺異樣。

草坪中有一棵特別高的樹，信吾被那棵樹吸引，不由走去。

仰望著那棵大樹走近時，信吾深深感受到聳立的綠樹那種品格和重量感，大自然洗滌了自己與菊子的鬱悶。他覺得那句「爸也會心曠神怡」說得一點也沒錯。

那是百合木。走近才發現是三棵合為一體。告示牌上說明，花似百合，也像鬱金香，因此也稱為鬱金香樹。原產於北美，成長迅速，這棵樹的樹齡大約五十年。

「噢，這棵樹有五十年啊。比我還年輕。」信吾吃驚地仰望。

伸展的枝葉婆娑彷彿要把兩人藏入懷中。

信吾在長椅坐下。但他忐忑不安。

他立刻又站起來，令菊子一臉意外看著他。

「去那些花的地方瞧瞧。」信吾說。

草坪對面似乎是花壇，整片白花，高度幾乎與垂落的百合木枝椏相觸，遠遠看來花團錦簇。信吾走過草坪說，

「以前日俄戰爭的凱旋將軍歡迎會，就是在這個御苑舉行的。當時我還不到二十歲。住在鄉下。」

花壇兩側是成排漂亮的樹木，信吾在樹木之間的長椅坐下。

菊子站在他面前，

「我明天早上就回去。也請這麼轉告媽，請她別罵我……」她說著，在信

吾身旁坐下。

「回家之前，妳如果有話想對我說……」

「對爸說？我想說的話，那可多了。」

四

隔天早上，信吾翹首以待，但菊子還沒回來他就出門了。

「她叫妳別罵她。」信吾對保子說。

「怎麼可能罵她，應該是我向她道歉才對。」保子也神色開朗。

信吾只告訴保子他給菊子打過電話。

「對菊子來說，你這個公公講話很管用啊。」

保子送他去玄關，

「不過，也好。」

信吾抵達公司不久英子就來了。

「嗨。妳變漂亮了。幹嘛還帶花來。」信吾親切地歡迎她。

「如果到了店裡就抽不開身再出來，所以我剛才先在街頭閒逛。我看花店很漂亮。」

不過，英子神色正經地來到信吾桌前，在桌面用手指寫出「請支開旁人」。

「啊？」

信吾愣了一下，但他隨即對夏子說，

「妳先出去一下。」

在夏子離開時，英子找出花瓶，插上三支玫瑰。她穿著洋裁店女店員會穿的那種洋裝，看起來好像又胖了一些。

「昨天不好意思。」英子的開場白很奇怪，

「連續兩天來拜訪，我……」

「妳先坐下再說。」

「謝謝。」她在椅子坐下，低著頭。

「今天害妳上班遲到了。」

「是，那是小事。」

英子抬起臉看著信吾，泫然欲泣地屏息。

「我該說出來嗎？也許我只是出於義憤，太激動了。」

「嗯？」

「是關於少夫人。」英子吞吞吐吐，

「她墮胎了吧。」

信吾沒回答。

英子怎麼會知道？修一不可能告訴她。可是，英子和修一的女人在同一家店裡上班。信吾感到異樣的不安。

「就算墮胎姑且不談……」英子再次欲言又止。

「是誰告訴妳的？」

「那筆醫藥費，是修一先生從絹子那裡拿的。」

信吾驚愕得心臟緊縮。

「我覺得太過分了。那種做法實在太侮辱女人。太不體諒人了。少夫人好可憐，我真的看不下去了。修一先生應該給過絹子錢，那或許也等於是他自己的錢，可是我們還是很反感。他和我們身分不同，那點小錢，他應該怎樣都籌得出來吧。身分不同，就可以那樣做嗎？」

英子按捺著不讓單薄的肩膀顫抖。

「拿錢給他的絹子也好不到哪去。我無法理解。也很生氣，真的很反感，我覺得就算無法再跟她在店裡共事也沒關係，我一定要來告訴您。雖然我或許不該多管閒事地通知您。」

「不，謝謝妳告訴我。」

「您在公司一直很照顧我，而且我雖然只見過少夫人一面，但我很喜歡她。」

英子含淚的雙眼閃閃發亮。

「請讓他們分手。」

「嗯。」

英子指的肯定是絹子，但是聽來也像是要求讓修一和菊子分手。

由此可見信吾受到的打擊有多大。

他很驚訝修一精神上的痲木與頽廢，但信吾自己似乎也在同樣的泥沼掙扎。陰暗的恐懼讓他惴惴不安。

說完想說的話，英子就要走。

「不急。」信吾無力地挽留。

「改天再來拜訪。今天太丟臉了，還哭哭啼啼的真難看。」

信吾感受到英子的良心與善意。

英子拜託絹子在同一家店找到工作，曾經讓信吾錯愕地覺得她過於自我中心，但是修一和自己或許才是更自我中心。

信吾茫然眺望英子留下的深紅色玫瑰。

信吾聽修一說，菊子有潔癖，在修一有女人的「現狀」下，不肯生孩子，但菊子的那種潔癖，不是等於被狠狠踐踏了嗎？

不知情的菊子，此刻大概已經回到鎌倉的家了吧，信吾不禁閉上眼。

傷痕

一

週日早上，信吾拿鋸子鋸斷櫻樹根部的八角金盤。

雖然覺得如果不連根拔起，就無法斬草除根，但信吾咕噥，

「每次發芽時，再鋸斷就好了。」

以前也剪過，但是反而讓它蔓延成這樣。不過，現在信吾再一次偷懶沒有斬草除根。也許是沒力氣連根掘起。

八角金盤的枝幹倒是很容易鋸斷，但是數量太多，信吾漸漸滿頭大汗。

「我來幫忙吧。」修一不知幾時湊過來。

信吾冷冰冰地說。

「不，不用。」

修一愣在原地一會，

「是菊子來喊我。她說爸在鋸八角金盤，叫我過來幫忙。」
「是嗎。不過，我馬上就好了。」
信吾坐在鋸斷的八角金盤上，往屋子那邊一看，菊子正倚靠簷廊的玻璃門而立。綁著花俏的紅色腰帶。
修一拿起信吾膝上的鋸子。
「全都要鋸掉吧。」
「對。」
信吾望著修一年輕敏捷的動作。
還剩下四、五支八角金盤，立刻被鋸倒。
「這個也要鋸斷嗎？」修一回頭問信吾。
「這個嘛，等一下。」信吾站起來。
那裡長了兩三棵櫻樹苗。不過，似乎是從母株的根部長出來的，不是獨立的樹，也許是枝椏。
粗大的樹幹底下，也冒出小插枝般的枝椏，還長了葉子。

信吾站遠一點看，

「從那土裡冒出來的東西，還是鋸掉比較好看吧。」他說。

「是嗎。」

然而，修一沒有立刻鋸斷那櫻樹苗。似乎是覺得信吾的想法很可笑。

菊子也來院子了。

修一拿鋸子指著櫻樹苗，輕輕笑著說，

「爸正在考慮要不要鋸斷這個。」

「還是鋸掉比較好。」菊子乾脆地回答。

信吾對菊子說，

「到底是不是枝椏，有點看不出來。」

「枝椏不可能從土裡冒出來。」

「從根部長出的枝椏，該叫做什麼呢。」信吾也笑了。

修一不發一語，鋸斷那櫻樹苗。

「總之，我想把這櫻樹的枝椏全部留著，讓它自由且自然地盡情伸展。八角金盤擋到它了所以我才鋸掉。」信吾說。
「那個樹幹底下的小枝椏給我留著。」
菊子看著信吾說，
「像筷子或牙籤那麼可愛的小樹枝，居然也開花了，真可愛。」
「是嗎，有開花嗎。我都沒注意到。」
「開了。小樹枝上有一簇櫻花，開了兩三朵……像牙籤那麼細的枝椏上，好像也有開一朵花。」
「噢？」
「不過，這種樹枝會長大嗎？這麼可愛的小樹枝，等它長到像新宿御苑的枇杷或樹梅下方的枝椏那麼大，我都變成老太婆了。」
「那倒不至於。櫻樹長得很快。」信吾說著，視線轉向菊子臉上。
信吾和菊子去新宿御苑的事，他沒告訴妻子也沒告訴修一。
可是，菊子回到鎌倉的家之後，是否立刻向丈夫坦承了呢？這並不算是什麼祕密，菊子八成會隨口說出來。

「聽說爸和菊子在新宿御苑見過面」這種話，如果修一難以啟齒，或許信吾該主動提起。可是兩人都沒開口。有某種心結在。或許修一雖從菊子那裡聽說，卻佯裝不知。

然而，菊子的臉上毫無不自在。

信吾望著櫻樹幹的小枝椏。他在腦中想像，這些彷彿從意外之處冒出新芽的弱小枝椏，像新宿御苑的樹枝那樣伸展的模樣。

如果枝椏伸長垂落後爬滿地面，開遍繁花，一定很壯觀，但他沒見過櫻樹的枝椏長成這樣。也不記得曾見過從樹幹根部伸展枝椏的大櫻樹。

「鋸斷的八角金盤，要扔到哪裡？」修一說。

「先找個角落堆到一起就好。」

修一把八角金盤聚攏，抱在腋下拖走，菊子也跟在後面拿了三、四支，

「菊子妳別拿……妳還得好好休養。」修一寬慰她。

菊子點點頭，把八角金盤就地扔下站住了。

信吾走進屋裡。

「菊子也去院子做什麼？」

保子正在把舊蚊帳改小，給寶寶午睡用，這時摘下老花眼鏡說。

「星期天夫妻倆都在院子裡，倒是很稀奇。菊子從娘家回來後，夫妻感情好像不錯。說來也怪。」

「菊子也很傷心。」信吾嘀咕。

「那可不見得。」保子用力說，

「菊子雖然是個笑口常開的孩子，但她很久沒像現在這樣露出愉悅的眼神笑著了。看到略顯憔悴的菊子開心的笑容，我也……」

「嗯。」

「最近修一下了班就早早回來，星期天也待在家裡，這或許也算是因禍得福吧。」

信吾默默坐著。

修一和菊子一起進屋來，

「爸，您看重的櫻樹芽，被里子拽掉了。」修一說著，用手指捻著那小枝椏給信吾看。

「里子也去扯八角金盤，覺得很好玩，後來就把樹芽拽掉了。」

「是嗎。那麼細的枝椏的確會讓小孩拽掉。」信吾說。

菊子半藏在修一背後佇立。

二

菊子從娘家回來時，送給信吾日本製的電動刮鬍刀。給保子的禮物是腰帶繩，給房子的是里子和國子的童裝。

「她也給修一帶了什麼嗎？」事後信吾問保子。

「是折疊式洋傘。另外，好像還買了美國做的梳子。梳套的一面鑲著鏡子……我記得人家說梳子象徵斷絕關係，不可以送人，菊子大概不知道吧。」

「如果是美國，應該沒有那種說法。」

「菊子也給自己買了同樣的梳子。顏色不同，比較小。房子看了說很羨慕，她就送給房子了。難得她想跟修一用同樣的東西，對於從娘家回來的菊子而言，她買梳子的用意多麼惹人憐惜啊。豈有被房子搶走的道理。雖說只是一把梳子，但房子也太不懂得體諒人了。」

保子似乎覺得自己的女兒很丟人，

「她送給里子和國子的衣服也都是高級絲織品，是很好的外出服。房子自己雖然好像沒收到禮物，但兩個孩子有，不就等於房子收到了嗎。被搶走梳子，菊子會覺得是自己沒給房子買禮物有錯。基本上，菊子是因為那種事回娘家，我們本來就沒資格收她的禮物。」

「是啊。」

信吾頗有同感，卻也有保子不知情的憂鬱。

菊子買禮物，想必給娘家父母添麻煩了。菊子墮胎的費用都是修一從絹子那裡拿的錢，因此不難想像修一和菊子都沒錢買這些禮物。菊子還以為醫院的費用是修一出的，所以才會向娘家父母討錢買禮物吧。

信吾很懊悔長期以來一直沒給過菊子什麼像樣的零用錢。並不是沒想到，只是隨著菊子和修一的夫妻關係失和，逐漸親近自己這個公公，反而讓信吾不好意思偷偷塞錢給她。可是，沒有站在菊子的立場設身處地替她著想，這點或許和搶走菊子梳子的房子半斤八兩。

菊子當然是因為修一在外玩樂才會缺錢，所以不可能開口向公公討零用錢。可是，信吾如果肯替她著想，也就不至於讓菊子受到靠丈夫情婦給的錢墮胎這種屈辱。

「她如果沒買禮物回來，我還不會這麼難過。」保子似乎在思考，

「林林總總加起來要不少錢呢。你猜她花了多少錢？」

「誰知道。」

信吾稍微心算了一下，

「電動刮鬍刀要多少錢，這我沒概念。因為見都沒見過。」

「是啊。」保子也點頭同意，

「這如果是抽獎，你絕對是抽中了頭獎。以菊子的個性，這也難怪。首先，那玩意有聲音，還會動吧。」

「齒梳不會動。」

「會動啦。不動怎麼刮鬍子。」

「不，我看了半天，齒梳還是沒動。」

「這樣啊。」

保子別具深意地笑了。

「光憑你像小孩收到玩具一樣開心，就絕對是頭獎了。你每天早上讓那玩意吱吱響，就連吃飯的時候都不停摸下巴，看起來那麼滿意，害得菊子都有點不好意思。雖說她應該也很高興。」

「我可以借給妳用。」信吾說著笑了，保子猛搖頭。

菊子從娘家回來那天，信吾和修一一起從公司回來，那天傍晚在起居室，菊子送的電動刮鬍刀相當受歡迎。

擅自回娘家住的菊子，以及害菊子墮胎的修一一家，可以說就是由電動刮鬍刀取代了雙方重逢時的尷尬寒暄。

房子也立刻把衣服給里子和國子穿上後，讚美領口和袖口的漂亮刺繡，神色很開朗。信吾則看著所謂的「使用說明書」，當場試用了一下。

全家人都盯著信吾，彷彿想問他效果如何。

信吾一手握著刮鬍刀，一邊動下巴，一手還抓著「使用說明書」，

「這上面寫著，也可以輕易刮除婦女後頸的汗毛。」他這麼說完後，看著菊子的臉。

菊子的鬢角和額頭之間的髮線很漂亮。信吾以前似乎都沒注意過那種地方。就連那種地方的髮線，也勾勒出略顯嬌弱可憐的線條。

紋理細膩的肌膚和整齊的頭髮，異樣鮮明。

菊子的臉色有點蒼白，反而只有臉頰泛出一抹微紅，看似喜悅的雙眼亮晶晶。

「我們家老爸收到一個好玩具。」保子說。

「這可不是玩具。是文明的利器。是精密機器。上面有機器編號，還蓋了機檢、調整、完成這些項目負責人的印章。」

信吾心情很好，順著鬍鬚的生長方向刮一刮，又試著反過來刮。

「據說不會讓皮膚變粗或是刮完發炎，也不需要打肥皂或抹水。」菊子

說。

「嗯。老年人用剃刀經常會被皺紋卡住。妳也可以用喔。」信吾說著想給保子。

保子害怕地向後縮。

「我可沒有鬍子。」

信吾望著電動刮鬍刀的齒梳，戴上老花眼鏡又端詳一番，

「齒梳不動，是怎麼刮的？馬達在轉動，可是齒梳沒有動呢。」

「我看？」修一伸出手，但是立刻交給保子。

「真的。齒梳好像沒在動。大概跟吸塵器一樣。那個不是會自動吸灰塵嗎。」

「刮掉的鬍渣，不知道去哪了。」信吾也說，菊子低頭笑了。

「那就買個吸塵器當作電動刮鬍刀的回禮，你覺得如何？買洗衣機也行。那樣不知能幫菊子多大的忙。」

「好啊。」信吾回答老妻。

「我們家完全沒有這種文明的利器。電冰箱也是，每年都說要買、要買，結果今年也拖到了要用的時候。還有烤麵包機也是，麵包烤好啪地一彈出來，就會自動切斷電源，很方便喔。」

「這是老太太的家庭電器化論嗎。」

「你只顧著心疼菊子，卻一點實際行動都沒有。」

信吾把電動刮鬍刀的電線拔掉。刮鬍刀的盒子裡，附帶兩個刷子。一個像小牙刷，另一個像洗瓶子的小刷子，信吾兩者都試用了一下。像是洗瓶子的小刷子，他用來清潔齒梳後方的洞，驀然低頭一看，膝上掉落極短的白鬍渣。只有白色鬍渣映入眼簾。

信吾輕拍膝蓋。

三

信吾姑且先買了吸塵器。

早餐前，菊子使用吸塵器的聲音和信吾的電動刮鬍刀的馬達聲形成合奏，信吾覺得有點滑稽。

不過，那或許也是讓家庭氣象一新的聲音。

里子覺得吸塵器很稀奇，跟著菊子到處走。

或許是因為電動刮鬍刀，信吾做了一個絡腮鬍的夢。

信吾自己並未在夢中出現，只是旁觀者。不過那是做夢，因此登場人物和旁觀者的區別並不明顯。而且，是發生在信吾去都沒去過的美國。事後信吾猜想，應該是因為菊子買回來的梳子是美國製，才會夢見美國。

在信吾的夢中，美國有些州是英國人特別多，也有些州多為西班牙人。因此各州的鬍子也各有特色。鬍子的顏色和形狀是怎樣不同，夢醒後已經記不清，不過夢中的信吾能夠清楚分辨美國各州人民，也就是各類人種的鬍子有何不同。不過，在某某州（同樣也是在醒來後忘了州名），出現了一個集各州、各類人種的鬍子特色於一身的男人。而且不是各類人種的鬍子混雜在此人的鬍子裡，而是這塊是法國型、那塊是印度型這樣涇渭分明地分開，集合成一個人的鬍子。也就是說，此人的絡腮鬍上，像流蘇一樣垂掛著一束束因美國各州、各地人種而異的鬍子。

美國政府將此人的鬍子指定為自然遺產。因為被指定為自然遺產，此人無法隨便剪掉自己的鬍子也無法修整。

夢境就只有這樣。信吾看著此人五顏六色的鬍子，感覺就像是自己的鬍子。此人的得意與困惑，多少也成為信吾的感受。

這個夢幾乎完全沒有情節，就只是看著這個鬍子男。

此人的鬍子當然很長。或許就是因為信吾每天早上用電動刮鬍刀刮得很乾淨，才會反過來做這種鬍子恣意生長的夢，但鬍子被指定為自然遺產也太好笑了。

這個夢很天真，因此信吾聽著雨聲，期待著早上起來把這個夢告訴大家，不久又睡著了，之後做了邪惡的夢再次醒來。

夢中信吾摸著有點尖起的下垂乳房。乳房很柔軟。毫無張力，是因為女人壓根不想回應信吾的觸摸。搞什麼，真無趣。

明明在摸乳房，信吾卻不知女人是誰。與其說不知道，是根本沒想過那是誰。女人沒有臉孔也沒有身體，彷彿只有兩個乳房漂浮在空中。這時，他才開始懷疑對方是誰，結果女人變成修一朋友的妹妹。不過，信吾並未受到良心苛責也沒有受到刺激。對那個女孩的印象很微弱。身影還是很模糊。看那乳房應該沒生過孩子，但信吾不認為對方是處女。看到指間純潔的痕跡，信吾才赫然一驚。他覺得困擾，卻不認為有什麼錯，咕噥著「就當作是個運動選手吧」。

他被這種說法嚇到，然後就醒了。

信吾察覺，「搞什麼，真無趣」，這是森鷗外死時說的話。好像曾經在報紙上看過。

可是，從討厭的夢中醒來，首先想起鷗外死時說的話，與自己夢中的言詞連結，想必是信吾的自我遁辭。

夢中的信吾無愛亦無歡愉。甚至沒有做春夢的那種淫念。純粹就只是覺得，「搞什麼，真無趣」，然後就乏味地醒了。

信吾在夢中或許並未侵犯女孩，而是正要侵犯。不過，如果是在激動或恐懼下戰慄地侵犯了對方，即便在夢醒後，應該還會有邪惡的意念殘留。

信吾試著回想近年來自己做過的春夢，對方多半是所謂的下流女人。今晚的女孩也是。該不會是連在夢中都害怕姦淫的道德苛責吧。

信吾試著回想修一朋友的妹妹。對方的胸部好像很大。菊子嫁來前，曾和修一稍微談過婚事，也交往過。

「啊！」信吾如遭晴天霹靂。

夢中的女孩該不會是菊子的化身吧。夢中畢竟也有道德感作祟，因此才借用修一朋友的妹妹來取代菊子？而且，為了掩飾那種亂倫的念頭，為了掩飾良心苛責，才把當替身的妹妹變成比那女孩本人更無趣的女人？

如果能夠任由信吾的欲望發展，將信吾的人生盡情改造，信吾或許想愛的是處女的菊子，也就是尚未和修一結婚時的菊子？

由於那種潛意識被壓抑，被扭曲，才會在夢中寒酸地出現。信吾即便在夢中也想掩飾自己、欺騙自己嗎？

假借在菊子之前和修一論及婚嫁的女孩，而且連那個女孩的身影也模糊不清，該不會是因為極端恐懼那個女孩是菊子吧。

而且事後想想，夢中的對象模糊，夢中的情節也很模糊，記不清楚，也沒有摸乳房的快感，或許就是在夢醒之際，狡猾的個性已經機敏地發揮作用，把夢抹消了。

「是做夢。絡腮鬍被指定為什麼自然遺產，是做夢。夢的解析不可信。」信吾用手掌抹臉。

夢境毋寧詭異得令身體發冷，但信吾醒來後，卻滿身粘膩冒汗。

做了那個絡腮鬍的夢之後，隱約聽到的雨聲，此刻變成傾盆大雨敲打房屋。連榻榻米都很潮濕。不過，雨聲聽來似乎很快就會橫掃而過。

信吾想起四、五天前在朋友家看到的渡邊華山[1]的水墨畫。

畫的是枯樹頂上有一隻烏鴉，

上面題字是「頑強待黎明，烏鴉五月雨。登」。

看了那首俳句，信吾似乎也理解了那幅畫的意義，以及華山的心情。

1 渡邊華山（17931-1841），字伯登或子安，一般稱其為「登」，為江戶後期的武士、畫家。

烏鴉站在枯樹頂上，承受風雨，等待黎明。畫面用薄墨呈現強烈的雨勢。信吾不大記得枯樹的樣子了，但是好像只有粗大的樹幹，而且折斷了。烏鴉的樣子倒是記得很清楚。不知是因為睡著了，還是被雨淋濕，想必兩種因素都有，導致烏鴉看起來有點臃腫。鳥喙很大。上方鳥喙的墨汁暈染，顯得更加肥厚。鳥眼是睜著的，但或許是尚未徹底清醒，看起來惺忪欲睡。不過，強烈的眼神似乎隱含怒氣。烏鴉畫得很大。

信吾只知道華山生活貧苦，後來切腹自殺。不過，他認為這幅「風雨曉烏圖」呈現了華山某一刻的心情。

友人或許只是配合季節，才將這幅畫掛在壁龕。

「這烏鴉的氣勢好兇狠。」信吾說。

「有點可怕。」

「會嗎。我在戰時經常看著這隻烏鴉，心想這什麼狗屁。什麼狗屁烏鴉。雖然也有靜謐感啦。不過我告訴你，像華山那樣的小事，都得切腹的話，那我們或許不知該切腹多少次。時代就是這樣。」友人說。

「我們也等待過黎明……」

風雨交加的今夜，信吾彷彿可以看見，那幅烏鴉圖想必也正掛在友人的客廳。

信吾想，自家的老鷹和烏鴉今晚不知怎樣了。

四

信吾也在第二次夢醒後失眠，只能靜待黎明，但他沒有華山的烏鴉那種頑強和張力。

不管那是菊子，還是修一朋友的妹妹，做了春夢卻絲毫未起淫念，他想想就覺得可悲。

比起任何姦淫，這樣更醜惡。這或許就是所謂的老醜。

信吾在戰爭期間，沒再碰過女人。而且至今依然。照理說他的年紀還沒那麼老，但那已成習性。在戰爭的壓制下，一直沒奪回那方面的生命力。對事物的看法似乎也因戰爭而陷入狹仄的常識窠臼。

信吾很想問問朋友，在他們這個年齡，像他這樣的老人是否很多，但是或許只會被嘲笑沒用。

在夢中愛菊子有何不可。就連在夢中，自己都在懼怕什麼，忌憚什麼呢？哪怕是在現實中，悄悄愛著菊子有何不可。信吾試著這樣改變想法。

然而，他又想起「老來欲斷情，或如雨纏綿」這首蕪村[2]的俳句，信吾只餘滿心荒蕪。

修一在外面有女人，加深了菊子和修一的夫婦關係。菊子墮胎後，夫妻之間變得溫馨和諧。那個風雨的夜裡，菊子比平日加倍纏著修一撒嬌，修一爛醉歸來的那晚，菊子也比平日更溫柔地原諒了修一。

那是菊子的可悲還是愚昧呢？

不知菊子是否對這些有自覺。或許菊子毫無所覺，只是誠實地遵循造化之妙，生命之潮。

菊子用不生小孩向修一抗議，也用回娘家向修一抗議，於是自己難以承受的悲傷也隨之顯現，但是過了兩三天回來後，又像是要為自身的罪過道歉，也像是要撫慰自己的創傷，主動與修一和好了。

在信吾看來，多少也覺得，搞什麼，真無趣。不過，應該可以說，這是個好結局吧。

信吾甚至覺得，絹子的問題不如暫時擱置，等待時間自然解決就好。

修一雖是信吾的兒子，但信吾一旦開始犯疑心就不禁無限懷疑，兩人真的是理想的夫妻、命中注定的夫妻，以至於讓菊子不惜這樣委曲求全也必須和修一結合？

信吾不想吵醒身旁的保子，因此無法打開枕畔的燈看時間，不過外面似乎已天色大亮，六點的寺院晨鐘應該馬上就會響起。

信吾想起新宿御苑的鐘聲。

那是通知遊客傍晚要關門了，但當時信吾對菊子說，「好像教堂的鐘聲。」總覺得正要經過哪個西洋公園的樹林去教堂。朝著御苑出口聚集的人

2 與謝蕪村（1716-1784），江戶中期的俳人、文人畫家。

們，前方彷彿就有教堂。

信吾沒睡飽就起床了。

他似乎無顏面對菊子，遂和修一一起提早出門。

信吾不意間說，

「你在戰時殺過人嗎？」

「誰知道？如果被我的機關槍打中，應該會死吧。不過，機關槍也可以說並非我發射的。」

修一面露不悅，不再理他。

白天雨停了，可是夜晚再次風雨交加，東京被濃霧籠罩。

信吾為了公司的應酬去茶室赴宴出來時，被送上最後一輛車，必須順路送藝妓。

兩個年長的坐在信吾旁邊，三個年輕的挨在後方的人腿上。信吾把手繞過腰帶前方將人摟進懷中說，

「沒關係。」

「不好意思。」藝妓這才安心坐在信吾的腿上。她比菊子年輕四、五歲。

信吾為了記住這個藝妓，心想待會上了電車就要把她的名字寫在記事本上，但那只是臨時起意，恐怕連要寫下來都會忘。

雨中

一

那天早上，是菊子先看到報紙。

大門的信箱似乎有雨水滲入，報紙都濕了，菊子只能一邊用煮飯的瓦斯爐火烘乾一邊看報。

有時提早醒來的信吾，會起床出去，把報紙拿到被窩裡，但是通常拿早報進來好像都是菊子的職責。

不過，她大致上都是送信吾和修一上班後才看報。

「爸，爸。」菊子在紙拉門外小聲呼喚。

「什麼事？」

「如果您已經醒了，麻煩來一下……」

「有哪裡不舒服嗎？」

菊子的聲調，令信吾這麼想，於是立刻起床。
菊子拿著報紙，站在走廊上。
「出了什麼事？」
「是相原先生，他上報了。」
「相原上報？被警察抓了？」
「不是。」
菊子稍微縮身，把報紙遞給他。
「啊！還是濕的。」
信吾不想接下，只伸出一隻手，因此濕掉的報紙軟軟地下垂。
菊子用掌心替他捧起報紙一角。
「我看不清楚。相原怎麼了？」
「他殉情了。」
「殉情……死了嗎？」
「報上說，可望保住一命。」

「這樣啊。妳等一下。」信吾放開報紙就要走，

「房子應該還在睡吧，她在家？」

「是的。」

昨天深夜確實還在這個家和兩個孩子一起睡覺的房子，不可能與相原殉情自殺，也不可能出現在今早的報紙上。

信吾望著廁所窗外的風雨，試圖鎮定下來。山腳垂落的芒草修長的葉片上，不斷有雨珠迅速流過。

「雨好大啊。一點也不像梅雨。」

信吾對菊子說，在起居室坐下後，他拿起報紙，但是還沒看，老花眼鏡就滑落鼻樑。他不耐煩地嘖了一聲。摘下眼鏡，用力搓揉鼻樑至眼眶一帶。滑膩的感覺很噁心。

簡短的報導還沒看完，眼鏡再次滑落。

相原是在伊豆的蓮台寺溫泉殉情自殺。女方死了。是個二十五、六歲看似酒女的女人，但是身分不明。男方似乎麻藥成癮，可望保住一命。男人用了麻

藥，且沒有遺書，因此也有假自殺的嫌疑。

信吾很想抓起滑落鼻頭的眼鏡一把摔開。

他甚至無法區別，自己究竟是對相原的自殺惱火，還是對眼鏡滑落不耐煩。

他用掌心胡亂搓臉，起身去了盥洗間。

報紙上寫著相原在旅館登記的住址是橫濱。也沒有提及房子這個妻子的名字。

那篇報導，完全沒有和信吾一家扯上關係。

或許橫濱那個住址是瞎掰的，相原根本居無定所。此外，房子或許也已經不是相原的妻子。

信吾先洗臉，後刷牙。

至今還把房子當成相原的妻子那樣耿耿於懷，為此苦惱、迷惘，或許只不過是信吾的優柔寡斷與感傷。

「這就是時間的解決方式嗎。」信吾呢喃。

信吾拖拖拉拉始終沒解決，終於被時間代為解決了嗎？

然而，在相原落到如此地步之前，信吾是否本該幫他一把？

此外，也不知究竟是房子把相原逼到破滅，還是相原引導房子走上不幸。或許雙方既有把對方逼到破滅和不幸的個性，也有會被對方引導著走上破滅與不幸的個性。

信吾回到起居室，喝著熱茶說，

「菊子，五、六天前，相原把離婚協議書寄來咱們家，這妳知道吧？」

「是，爸當時很生氣……」

「對，我很生氣。房子也說，侮辱人也該有個限度。不過，那或許其實是相原臨死前做的善後收拾。相原是抱著覺悟自殺的。不是假死。那個女人反而是被他拖下水吧。」

菊子皺起漂亮的眉毛，不發一語。她穿著直條紋的家居和服。

「去把修一叫起來。」信吾說。

菊子離去的背影，或許是因為穿和服的關係，看起來好像變高了。

「聽說相原幹了好事？」修一對信吾說著，拿起報紙。

「大姊的離婚協議書已經交了吧？」

「不，還沒有。」

「還沒有？」修一抬起臉，

「為什麼？最好趁今天就趕快遞交出去。相原萬一救不活，到時候豈不是等於死人遞交離婚申請。」

「可是，兩個小孩的戶籍怎麼辦？相原對孩子的事隻字未提。這麼小的孩子，也沒有能力選擇戶籍。」

房子也已蓋章的離婚協議書，就這麼裝在信吾的公事包裡，在自家和公司之間來來去去。

信吾不時派人送錢給相原的母親。信吾盤算，不如就讓那個跑腿送錢的人把離婚協議書送去區公所，卻還是拖延了一天又一天。

「小孩都已經來我們家了，也沒辦法吧。」修一輕率地說。

「警察會來我們家嗎？」

「來幹嘛？」

「比方說叫我們去領回相原之類的。」

「應該不會來吧。相原想必就是為了避免那種事，才會先寄離婚協議書來。」

紙門被粗暴地拉開，房子穿著睡衣就出現了。

她也沒仔細看報紙，立刻將報紙撕得粉碎扔開。撕報紙時很用力，扔出去後卻沒飛遠。房子像要往旁倒下似的，把散落的報紙狠狠推開。

「菊子，把那邊的門關上。」信吾說。

房子拉開的紙門外，可以看見兩個孩子的睡姿。

房子的雙手顫抖，又開始撕報紙。

修一和菊子都沒吭氣。

「房子，妳不打算去接相原嗎？」信吾說。

「我才不要。」

房子一隻手肘撐著榻榻米，猛然轉頭，橫眉豎眼地瞪信吾。

「爸把自己的女兒當成什麼了？窩囊廢。自己的女兒遭到這種對待，你都不生氣嗎？爸要去接就去，自己去丟人現眼好了。當初到底是誰把我嫁給那種男人的？」

菊子起身去廚房了。

剛才信吾是脫口說出心頭浮現的想法，但他其實一直在想，這種時候，如果房子去接相原，兩人因此破鏡重圓，一切重新開始，就人性而言應該也是有可能的吧。

二

相原究竟是死是活，之後報紙沒有再報導。

區公所受理了離婚申請，可見相原在戶籍上應該沒有死亡。

不過，就算死了，相原會被當成身分不詳的男人安葬嗎？應該不可能。他還有個不良於行的母親。就算母親沒看到報紙，相原的親戚之中應該也有人發現。信吾想像，相原八成是被救活了。

然而，既已收養了相原的兩個孩子，這是單憑想像就能了事的嗎？修一雖然看得很開，信吾卻還耿耿於懷。

如今兩個外孫女已成為信吾的負擔。遲早也將成為修一的負擔，這點修一似乎並未考慮過。

養育的負擔姑且不論，房子和兩個外孫女今後的幸福，等於已經喪失一半，這果然還是信吾的責任嗎？

此外，信吾遞交離婚申請時，腦海也浮現和相原一起自殺的那個女人。

一名女子的確死了。她的生死又算什麼呢？

「化為鬼魂出現吧。」信吾喃喃自語，隨即一驚。

「不過，真是無趣的一生啊。」

房子若是和相原相安無事地生活，那個女人也不至於殉情自殺了，因此信吾多少也等於間接殺了人。這麼一想，不會萌生哀悼那個女人的菩薩心腸嗎？

可是，他無從想像那個女人的模樣，腦海反而驀然浮現菊子的寶寶。那個早早就被打掉的孩子，照理說不可能浮現具體模樣，信吾的腦海卻浮現可愛嬰兒的類型。

這孩子之所以未能出生，不也是信吾間接殺死的嗎？

討厭的天氣持續多日，連老花眼鏡都變得潮濕滑溜。信吾感到右胸鬱悶沉重。

這種梅雨季的短暫放晴，突然出現燦爛陽光。

「去年夏天，有向日葵開花的那戶人家，今年種的不知是什麼花，有點像西洋菊花，是白色的。也不知是不是約好的，一排四、五家都種同樣的花，真有意思。去年也是家家戶戶都種向日葵。」信吾邊把腳伸進長褲邊說道。

菊子拿著西裝外套，站在他面前。

「應該是因為向日葵去年颳颱風被吹斷了吧？」

「也許吧。菊子，妳最近是不是長高了？」

「對。我長高了。嫁來之後，本來是一點一點長高，最近卻一下子竄高一截。修一也很驚訝。」

「什麼時候……？」

菊子倏然臉紅了，繞到信吾的背後，給他套上西裝。

「我就覺得妳變高了。我心想應該不只是穿和服的關係。妳嫁來之後，已經好幾年了，還能繼續長高，真好。」

「因為我比較晚熟，發育不良吧。」

「沒那回事。妳很可愛。」說著，信吾真的覺得她清新又可愛。菊子的長高，已經到了修一抱她都會察覺的程度嗎？

失去的孩子，彷彿還在菊子的體內繼續成長，信吾懷著那種心情走出家門。

里子蹲在路旁，望著附近的小女孩辦家家酒。

小女孩拿鮑魚殼和八角金盤的綠葉當盤子，把草整齊切碎排放在上面，信吾也不由佩服地駐足。

大理花和瑪格麗特的花瓣，也同樣被切碎，用來增添色彩。

地上鋪著蓆子，瑪格麗特的花影，深深落在那蓆子上。

「對了，是瑪格麗特。」信吾終於想起來，如此說道。

一排三、四家都從去年的向日葵改種的，就是瑪格麗特。
里子年紀太小，那些女孩似乎不肯讓她加入。
信吾邁步走開，
「外公。」里子追上來。
信吾牽著外孫女的小手，來到通往大馬路的轉角。里子跑回去的身影，充滿夏日氣息。
到了公司辦公室，只見夏子露出雪白的手臂，正在擦窗戶玻璃。
信吾隨口說，
「今早的報紙妳看了？」
「嗯。」夏子悶聲回答。
「光說是報紙，也不知是哪家報紙吧。叫什麼來著的……」
「您說報紙嗎？」
「我忘了看的是哪家報紙，上面說哈佛大學和波士頓大學的社會科學家，對一千名女祕書做問卷調查，問她們最高興的事是什麼，據說她們異口同聲回答，是有人在旁時被誇獎。女孩子不分東西方，或許都是這樣子吧。妳呢？」

「嘿——那樣不會害羞嗎。」

「害羞和高興，多半是一致的。被男人搭訕追求時，不也是如此。」

夏子低著頭沒回答。信吾暗想，這年頭，這樣的女孩很少見，

「比方說谷崎，就是那種類型。我以前應該多在人前誇獎她才對。」

「谷崎小姐剛才來過。大約八點半時。」夏子笨拙地說。

「噢？然後呢？」

「她說中午再過來。」

信吾陷入不祥的預感。

他連午飯都沒出去吃一直在等候。

英子開門佇立時，泫然欲泣地屏息看著信吾。

「嗨。今天沒帶花來？」信吾掩飾不安說。

英子彷彿要指責信吾的不正經，一臉嚴肅地走近。

「又要支開人？」

不過，夏子出去午休了，辦公室只有信吾一個人。

得知修一的外遇對象懷孕，信吾愣住了。

「我已經告訴她，不能生下來。」英子的薄唇顫抖，

「昨天，從店裡下班時，我就抓著絹子，這麼警告過她了。」

「嗯。」

「您說是不是？這太過分了。」

信吾無從回答，臉色陰沉。

英子是一併想到菊子的事才這麼說。

修一的妻子菊子和情婦絹子相繼懷孕。這種情形在世間絕對有可能，但是信吾壓根沒想到，會發生在自己的兒子身上。而且，菊子已經墮胎了。

三

「妳能不能幫我過去看看，修一在不在。如果他在，叫他過來一下……」

「是。」

英子取出小鏡子，似乎有點遲疑，

「我的臉色很怪，不好意思見他。而且，這樣大概也會被絹子知道，我來告過密。」

「啊，這樣啊。」

「我現在的工作，為此辭職當然也可以……」

「不。」

信吾改用桌上的電話問。他不想在其他職員也在的辦公室，現在和修一面對面。修一不在。

信吾邀英子去附近的西餐館，就此離開公司。

嬌小的英子亦步亦趨，仰頭看著信吾的臉色，輕輕說道，

「我以前在您辦公室上班時，您曾帶我去跳過一次舞，您還記得嗎？」

「嗯，當時妳頭上綁著白色緞帶。」

「不。」英子搖頭。

「頭髮綁白色緞帶的，是颱風過後的隔天，那天，您第一次問起絹子的

事，我非常為難，所以記得很清楚。」

「好像是吧。」

信吾想起，的確是那時聽英子說，絹子沙啞的聲音很性感。

「那是去年九月左右吧。後來，為了修一的事，讓妳也很操心。」

信吾沒有戴帽子，陽光曬到頭上很熱。

「可我什麼忙也沒幫上。」

「那是因為我這邊太不中用。我們一家太丟人了。」

「我很尊敬您喔。離職之後，更是格外懷念。」英子用奇妙的口吻說，支吾片刻後，

「我說孩子不能生下來。絹子似乎覺得我太自以為是，她說這件事我管不著，而且我根本什麼都不懂。她叫我不要多管閒事。最後還說，那是她自己肚子裡的事……」

「嗯。」

「她還說，『妳是受誰委託，講這種奇怪的話？叫我跟修一分手的話，如

果是修一要分手，那我當然只能分手，但孩子我一個人也能生吧？誰都管不著。生下來是好是壞，妳如果能問我肚子裡的孩子，不妨問問看……』絹子覺得我還年輕，是在嘲諷我。可是，絹子反而要求人家不要嘲諷她。絹子或許打算生下來。事後我仔細想想，她和戰死的前夫並沒有生小孩。」

「嗯？」

信吾邊走邊點頭。

「也許是被我觸怒，她才那樣說，或許根本不會生下來。」

「孩子多大了？」

「四個月。我本來沒發現，是店裡的人看出來……我們老闆也問過她，聽說還忠告她最好不要生。絹子如果真的懷孕了，就得辭職，老闆大概也捨不得她走吧。」

英子一手托腮，

「我實在不懂。我想如果通知您，您就會和修一先生商量……」

「嗯。」

「如果您要見絹子，我想最好趁早。」
信吾也在思考這個，就被英子說出來了。
「那個，上次來公司的女人，現在還跟她一起住嗎？」
「池田小姐。」
「對。絹子和那個人誰比較大？」
「我想絹子應該比她小兩三歲。」
餐後，英子跟著信吾走到公司前面。她露出快要哭的微笑。
「那我告辭了。」
「謝謝妳。妳現在要回店裡？」
「對。絹子最近多半提早下班，她會在店裡待到六點半。」
「我總不可能去店裡吧。」
英子彷彿在催他今天就立刻見絹子，但信吾提不起勁。
此外，就算回到鎌倉的家，大概也會不忍心面對菊子。
菊子在修一外面有女人時連懷孕都不甘心，似乎是那樣的潔癖讓她決定墮胎，但她肯定做夢也沒想到那個女人會懷孕。

墮胎手術被信吾知道後，菊子回娘家住了兩三天，等她再回來時，看似已經與修一和好，修一也天天早歸，似乎在安慰菊子，但他那樣到底算什麼。

如果用善意去解釋，聲稱要把孩子生下來的絹子，或許也讓修一苦惱，於是他就此疏遠絹子，向菊子道歉。

然而，某種不祥的頹廢與悖德的氣息，似乎淤積在信吾的腦中。

也不知究竟從何而生，彷彿連胎兒的生命都是魔物。

「如果生下來就是我的孫子嗎。」信吾喃喃自語。

蚊群

一

信吾沿著本鄉街靠大學的這一邊，走了一會。

他是在靠商店那一邊下車的，況且要去絹子家的巷子，當然得從那一頭走進去，但他還是故意越過電車道，走到了對面。

要去兒子的外遇對象家，令信吾感到凝重的躊躇。對方據說已懷孕，初次見面，自己能夠開得了這個口叫對方別生下來嗎？

「這豈不是又要殺人嗎？犯不着弄髒老年人的手吧。」信吾自言自語。

「不過，解決問題都是殘酷的。」

這件事應該由兒子來解決。照理說沒有父親出面的道理。可是信吾沒告訴修一，就自己來找絹子了。這似乎證明他已不再信賴修一。

信吾很驚訝，自己和兒子之間不知幾時，竟已有意想不到的隔閡。自己去找絹子之舉也是，與其說是要替修一解決問題，其實是憐憫菊子，為菊子抱不平吧。

只有大學的林間樹梢還殘留強烈的夕陽，步道已籠罩陰影。穿著白襯衫和長褲的男學生，和女學生坐在校內草坪上，看起來頗有梅雨季短暫放晴的風情。

信吾抬手摸臉。酒已經醒了。

距離絹子下班還有段時間，因此信吾剛才邀約別家公司的朋友去西餐館吃晚餐。那是久未見面的朋友，他一不留神忘了此人嗜酒。上二樓的餐廳前，先在樓下的酒吧喝了起來，信吾也陪著喝了一點。飯後又在酒吧坐下。

「怎麼，你這麼早就要走了？」友人很驚訝。他似乎以為久別重逢有話要說，還聲稱已事先給築地某處打了電話安排。

信吾說要去和人會面一小時左右，先離開了酒吧。友人在名片寫下築地那家的地址和電話交給他。信吾完全不打算去。

沿著大學圍牆走，信吾尋找對面巷子的入口。印象已經很模糊但是幸好沒走錯。

走進朝北的陰暗玄關，簡陋的鞋櫃上，放著某種西洋花的盆栽，還掛了一把女用洋傘。

穿圍裙的女人從廚房出來。

「哎呀。」女人臉色一僵，摘下圍裙。她穿著深藍色裙子，打赤腳。

「是池田小姐吧。上次勞駕妳去過我公司……」信吾說。

「是。那次被英子帶去，打擾您了。」

池田一手握著揉成一團的圍裙跪地端坐，看著信吾像要問他有何貴幹。她的眼眶也有雀斑。或許是因為脂粉未施，雀斑格外醒目。纖細的鼻樑挺直，單眼皮有點清冷，臉蛋白皙高雅。

新襯衫八成也是絹子做的。

「其實我今天是想見絹子小姐一面。」信吾懇求似地說。

「這樣啊。她還沒回來，不過應該快了。請先進來坐。」

廚房飄來紅燒魚的味道。

信吾覺得或許該等絹子回來吃過晚飯他再來比較好，但在池田的邀請下，還是進了屋。

八帖大的客廳堆滿時裝書籍。好像多半是外國的流行雜誌。一旁豎立著兩具法國假人模特兒。裝飾風格的衣裳色彩，和老舊的牆面很不搭調。縫紉機上還有沒縫完的絲綢垂落。這種鮮豔的花色，也讓榻榻米看起來更髒。

縫紉機左邊放著矮桌，桌上有小學課本，擺著男孩的照片。

縫紉機和桌子之間，有梳妝台。而後方的壁櫥前，豎立大鏡子。這個特別顯眼，不過也許是供絹子做好衣服比在自己身上檢視用的。也或許是她私下接活讓客人試穿假縫時用的。鏡子旁邊放著大型燙衣台。

池田從廚房端來柳橙汁。發現信吾在看小孩的照片後，她坦率地說，

「是我的小孩。」

「這樣啊。去上學了？」

「不，孩子不在這邊。留在我婆家。那些書是……我無法像絹子那樣出去工作，因此在做家教，平時要跑六、七家上課。」

「是嗎。就一個小孩的課本而言，的確太多。」

「是。因為家教的孩子各年級都有……和戰前的小學很不一樣，其實我也不太會教，但我和孩子一起學習，就好像和自己的孩子在一起……」

信吾只是點頭，對戰爭寡婦說不出任何話。

絹子也在工作。

「您怎麼知道我們住在這裡？」池田問。

「是修一先生說的嗎？」

「不，我之前就來過一次。雖然來了，但是不好意思進來。應該是去年秋天吧。」

「哎喲，去年秋天？」

池田抬頭看著信吾，隨即又垂落眼簾，沉默片刻後，

「修一先生最近都沒來喔。」她像要劃清界線似地說。

信吾認為，今天來訪的目的告訴池田也無妨。

「聽說絹子小姐懷孕了。」

池田的肩膀驀然一動，目光轉向自己孩子的照片。

「她打算生下來嗎？」

池田繼續看著孩子的照片。

「這個請您直接和絹子說。」

「那是當然，不過我覺得這樣母子都只會不幸。」

「不管有沒有懷孕，若說絹子不幸的確很不幸。」

「可是，妳不是也曾提出意見，勸她和修一分手嗎？」

「是。我也是這麼想……」池田說，

「絹子比我厲害，我可不敢給她意見。我和絹子雖然個性差異極大，不過該說是一見如故嗎，自從在寡婦聚會上認識後，我們就一起生活，絹子也很鼓勵我。我倆都離開了婆家，也沒回娘家，算是自由之身吧。我們說好了彼此都要自由思考，也把丈夫的照片之類的，都收進了行李箱。不過我還是擺出孩子的照片……絹子很努力閱讀美國雜誌，法國的也翻字典查閱，因為只是看洋裁的部分，她說文字不多，大致也猜得出意思。將來她應該會自己開店吧。我們倆還說，如果有機會就再婚。為什麼她到現在還和修一先生糾纏不清，我也不明白。」

門一開，池田迅速起身過去。用信吾也聽得見的聲音說，「妳回來了。尾形先生的父親來了。」

「來找我？」沙啞的聲音說。

二

絹子似乎去廚房喝水，響起自來水的聲音。

「池田姊，妳也來。」絹子轉頭說，一邊走進來。

她穿著花俏的套裝，或許是因為人高馬大，信吾看不出她懷孕。嘴唇小巧，難以想像這張嘴會發出沙啞的聲音。

梳妝台在客廳，所以她似乎是用粉餅盒稍微補過妝。

信吾對她的第一印象並不壞。塌鼻子的圓臉，看起來不像池田描述的那樣意志堅強。手也胖嘟嘟的。

「敝姓尾形。」信吾說。

絹子沒接腔。

池田也來了，在矮桌的對面坐下後，

「人家等妳好一會了。」她說，但絹子還是沒吭氣。

絹子開朗的臉上，或許是因為沒有露骨表現出反感和困擾，反而看似快哭了。信吾想起，修一就是在這房子喝得爛醉，逼池田唱歌，惹哭絹子。

絹子似乎是從悶熱的街頭匆匆趕回，臉很紅，可以看見隆起的胸部隨呼吸起伏。

信吾不忍心尖刻地挑明來意，

「我來見妳或許也很奇怪，但總之必須先見一面……妳應該想像得到我要說什麼吧？」

絹子還是沒回答。

「當然是為了修一。」

「如果是修一先生的事，那就沒什麼好說的了。您是來叫我賠罪嗎？」

絹子一開口就咄咄逼人。

「不，應該是我向妳道歉。」

「我和修一先生已經分手了。不會再給府上添麻煩。」

她說完看著池田。

「哪，這樣行了吧？」

信吾欲言又止，

「可是不是還有孩子的問題嗎？」

絹子的臉上失去血色，但她還是用盡全身力氣似的，

「您在說什麼，我聽不懂。」她沉聲說話時聲音變得更沙啞。

「恕我冒昧直言，妳不是懷孕了嗎？」

「這種問題，我非回答不可嗎？一個女人想要孩子，為什麼要受到外人阻撓？你們男人懂什麼！」

絹子連珠砲似的說完後，已經淚盈於睫。

「妳說『外人』，但我可是修一的父親。妳的孩子，應該也有父親吧。」

「沒有。戰爭寡婦已經決心生下私生子。我什麼都不求你們，只希望你們

讓我把孩子生下來。您就大發慈悲，當作不知道這回事吧。孩子在我肚子裡，是屬於我的。」

「或許是這樣沒錯，但妳將來如果結婚了，應該還會有孩子……用不著現在生個不自然的孩子。」

「哪裡不自然了？」

「不是。」

「我今後不見得會結婚，也不見得會懷孕。您這是神的預言？我前一段婚姻就沒有小孩。」

「就妳和孩子父親的關係而言，這樣孩子和妳恐怕都只會受折磨。」

「戰死者的孩子太多了，都在折磨母親。您就當作他去南方打仗時，留下了一個混血兒就好。男人在遠方遺忘的孩子，女人來撫養。」

「現在談的是修一的孩子。」

「只要不讓府上照顧就行了吧。我發誓，我絕對不會上門哭訴。況且也和修一先生分手了。」

「話不是這麼說吧。孩子的將來還很長，就算斷絕父子關係有時還是會扯上關係。」

「不會。這不是修一先生的孩子。」

「妳應該也知道修一的妻子把孩子拿掉吧。」

「少夫人才是想生幾個都可以。如果以後生不出來，她肯定會後悔。有資格挑三揀四的少夫人，不可能理解我的心情。」

「妳也同樣不理解菊子的心情。」

信吾不禁脫口說出菊子的名字。

「是修一先生請您來找我嗎？」絹子用質問的態度說，

「修一先生叫我不要生，他打我，踩我，踢我，還把我從二樓拖下來，硬要帶我去找醫生。他那樣動粗或做戲，或許就覺得已經對妻子盡到道義了？」

信吾神色苦澀。

「對吧，太過分了。」絹子說著轉向池田。池田點點頭，對信吾說，

「就連做衣服剩下的零碎布料，只要是可以給孩子做尿布的，絹子現在都

盡量存起來了。」

「因為被踹過，我擔心胎兒，事後還去看過醫生。」絹子又說。

「我對修一先生說過了。『這不是修一先生的孩子。不是你的孩子。』然後就分手了。他再也沒來。」

「這麼說，是別人的……？」

「沒錯。就當作是這樣就好。」

絹子抬起頭。她打從剛才就在掉眼淚，現在又有淚水滑落臉頰。

信吾雖然為難，卻也覺得絹子看起來很美。如果仔細看她的五官，其實並不好看，但是乍看之下的印象卻是美人。

不過，雖然外表看似溫柔，絹子這個女人，卻令信吾不敢接近。

三

信吾垂頭喪氣走出絹子家。

絹子收下了信吾給的支票。

「妳既然和修一先生分手了，或許收下比較好。」池田說得很乾脆，絹子也點頭同意。

「是嗎？這算是分手費吧。原來我成了拿分手費的人啊。要寫收據給您嗎？」

信吾坐上計程車，不知該如何判斷，絹子究竟是會和修一言歸於好同意墮胎，還是就此徹底斷絕關係。

絹子對修一的態度和信吾的來訪都很反感，似乎情緒激動。不過，渴望孩子的女人那種哀切的願望似乎也很強烈。

讓她再接近修一很危險。可是，這樣下去孩子就要生出來了。

如果真如絹子所言，是別的男人的孩子最好，但這點連修一都不清楚。絹子這麼堅持，修一也就輕易相信，沒有繼續糾纏的話，那當然是天下太平，但生出來的孩子確實存在。即便在自己死後，那個沒見過的孫子也會活著。

「這算哪回事。」信吾嘀咕。

相原成為殉情事件的主角之一後，信吾慌忙遞交離婚申請，但是女兒和兩個孩子等於由他收養。而修一就算和女人分手了，還是會有個孩子在哪存在嗎？兩個問題都沒有解決地解決了，或許只是暫時敷衍了事？

自己沒有對任何人的幸福幫上忙。

儘管如此，和絹子這場談話之尷尬，甚至令他不願回想。

信吾本來打算從東京車站搭車回家，可是看到口袋裡那張友人的名片，遂讓計程車改去築地。

他本想還對友人傾訴，可是友人已和兩名藝妓喝醉了根本沒法談。

信吾想起有一次赴宴歸來，在車裡坐在他腿上的年輕藝妓。把那女孩叫來之後，友人一直說些太小看你了、你眼光可真高這種無聊話揶揄他。連藝妓的長相都記不清楚卻還記得名字，就信吾的記性而言算是表現奇佳，不過這個藝妓的確楚楚可憐又優雅。

信吾和那女孩去了小房間。但信吾什麼也沒做。

不知幾時，女孩已經溫柔地把臉貼在信吾的胸口。信吾以為女孩是在賣弄風騷，可是定睛一看，她似乎睡著了。

「睡著了？」信吾湊近看，可是女孩緊貼著他，看不見臉。

信吾莞爾一笑。這個把頭貼在他胸口呼呼大睡的女孩，令他感到溫暖的慰藉。看起來比菊子還年輕四、五歲，想必才十幾歲吧。

這或許是妓女悲慘的可憐處境，但信吾被年輕女孩依偎著睡覺，卻滿心是溫暖的幸福感。

所謂的幸福，或許就是這樣在瞬間出現，虛幻不定。

信吾茫然思索性生活也有貧富和好運壞運之分，悄悄抽身後，決定搭乘最後一班電車回家。

保子和菊子還在起居室等他。已經過了一點。

信吾不敢看菊子的臉，

「修一呢？」

「他先去睡了。」

「是嗎？房子也是？」

「對。」菊子邊收拾信吾的西服邊說，

「今天直到晚上都是好天氣，不過應該又要轉為陰天了吧。」

「是嗎。我沒注意。」

菊子起身時，信吾的西服不慎掉落，她又把長褲的折線撫平。

信吾發現，她或許去過美容院，頭髮變短了。

聽著保子的鼾聲，信吾好不容易才睡著，很快就做了夢。

他在夢中變成年輕的陸軍軍官，身穿軍服，腰上掛著日本刀，還有三支手槍。那把刀似乎是修一當初出征時，讓他帶著的祖傳寶刀。

夢中的信吾走在夜間的山路上。帶著一名樵夫。

「夜路很危險，我很少走。靠右邊走比較安全喔。」樵夫說。

信吾靠向右邊，卻感到不安，打開手電筒。手電筒的玻璃周圍鑲滿鑽石，閃閃發光，比普通的手電筒還亮。變亮後，就發現眼前擋著黑色物體。是兩三棵巨大的杉樹樹幹疊在一起。不過再仔細一看，那是成群蚊子。蚊群形成大樹的形狀。信吾思考該怎麼辦。他決定穿過去。信吾拔出日本刀，對著那群蚊子砍了又砍。

驀然朝後方一看，樵夫已經連滾帶爬地逃走了。信吾的軍服到處都冒出火苗。奇怪的是，這時信吾變成兩人，另一個信吾，冷眼旁觀軍服冒火的信吾。火從袖口或肩線等邊緣悄然冒出又消失。不是火焰燃燒，倒像是火勢轉移到細碎的木炭，發出霹哩啪啦的爆裂聲。

夢中信吾似乎回到了自己家。好像是兒時在信州鄉下的那個家。也可看見保子美麗的姊姊。信吾很累，卻一點也不癢。

逃走的樵夫，最後也抵達信吾家。一到達地方，就暈倒在地。

從樵夫身上，抓到滿滿一大水桶的蚊子。

是怎麼抓到的不知道，總之信吾清楚看見水桶裝滿蚊子，之後就醒了。

「是蚊子飛進蚊帳裡嗎？」他試圖豎耳傾聽，可是腦子混濁沉重。

下雨了。

蛇蛋

一

入秋後或許是夏天累積的疲勞爆發，信吾會在回家的電車上打瞌睡。

下班時間的橫須賀線每隔十五分鐘一班，二等車廂的乘客不算太多。

此刻也半夢半醒有點恍惚的腦子，浮現成排的金合歡樹。那一整排金合歡全都開著花。信吾經過那裡時曾經想，連東京的金合歡行道樹也會開花嗎？那是從九段下往皇居護城河方向的道路。八月中旬，下著小雨。行道樹中只有一棵金合歡底下的柏油路面散落花瓣。這是為什麼呢？信吾從車上回頭看，留下了印象。那是帶點綠的淺黃色小碎花。就算沒有那棵單獨落花的樹，光憑整排金合歡在開花，想必也讓信吾留下深刻印象。因為當時他剛從醫院探望罹患肝癌的朋友回來。

說是朋友，其實是大學同學，平時並無來往。

對方看起來已相當衰弱，但是病房裡只有特別護士在。

信吾不知這個朋友的妻子是否還在世。

「你會見到宮本嗎？就算見不到，能否打電話，替我向他討那個？」朋友說。

「那個是哪個？」

「就是正月開同學會時，提到的那個嘛。」

信吾想到原來是指氰化鉀。如此看來，這個病人八成已經知道自己得的是癌症。

年過六十的信吾這群人，聚會的話題往往是年邁體衰的各種毛病以及對絕症的恐懼，後來有人說，宮本的工廠使用氰化鉀，萬一罹患癌症這種絕症，就去討毒藥來吃。因為半死不活地受病魔長久折磨太悲慘。此外，既然被宣告死亡，至少希望擁有自行挑選死亡時間的自由。

「可是，那是喝酒時隨便說說的。」信吾遲疑地回答。

「不會用的啦。我不會用。只是像當時說的那樣，想擁有自由而已。想到只要有了這個隨時都能走，好像就有力氣承受今後的痛苦了。你說是吧。我最後的自由，或者說唯一的反抗，也只有這個了。不過，我保證絕對不會使用。」

友人說著，眼睛出現些許光芒。護士小姐正用白毛線打毛衣，什麼也沒說。

信吾也開不了口求宮本，因此就此不了了之，但是想起一個必死無疑的病人或許正指望著那個痴痴等待，他就覺得難受。

從醫院返家的途中，走到成排金合歡開花的地方，信吾才鬆了一口氣，但是如今快要打瞌睡時，也浮現那成排的金合歡，可見還是因為病人的事縈繞腦海吧。

不過，信吾終究睡著了，驀然醒來時，電車是停著的。

停在並非車站的地點。

這班電車一停，行駛在隔壁鐵軌的上行電車造成的震動就格外強烈，似乎是因此才讓他醒來。

信吾的電車動了一下又停住，動了又停住。
成群孩童沿著小路朝電車跑來。
也有乘客從車窗探頭看前方。
左邊窗口，可以看見工廠的水泥牆。圍牆和軌道之間，有汙水混濁的小水溝，惡臭甚至飄進電車內。
從右邊窗口，可以看見孩子們跑來的小路。狗把鼻子伸進路旁青草，久久不動。
小路和鐵軌交接處，有兩三間釘著舊木板的小屋。從那宛如方洞的窗口，有個看似白痴的女孩朝電車招手。動作無力且遲緩。
「十五分鐘前發車的電車，據說在鶴見車站發生意外事故，目前暫時停車。讓各位久等了。」車掌說。
信吾前面的外國人，搖醒同行的青年，用英語問，「他說什麼？」
青年用雙手抱著外國人粗壯的一隻手臂，把臉貼在對方肩膀睡覺。即便醒了也保持那個姿勢，撒嬌似的仰望外國人。眼睛恍惚失焦微微泛紅，眼皮凹陷。頭髮染成紅色。不過，根部已冒出黑髮，褐色的頭髮很髒。只有髮尾異樣發紅。信吾猜想，大概是做外國人生意的男妓。

青年把外國人放在膝上的手掌翻過來，將自己的手疊在對方的掌心上，溫柔地握住。像個心滿意足的女人。

外國人穿著無袖的襯衫，露出紅色假髮般毛茸茸的手臂。青年應該沒那麼嬌小，但是外國人太魁梧，使得青年看似小孩。外國人挺著啤酒肚，脖子也很粗，似乎連轉頭都嫌累，對於青年的緊摟不放無動於衷。神情兇惡。紅潤的臉色，令面如土色的青年的疲憊更惹眼。

外國人的年齡不好判斷，但是從碩大的禿頭和咽喉的皺紋以及裸臂上的老人斑，信吾猜想，應該和自己的年紀差不多，頓時覺得這個來到異國帶著異國青年的人，彷彿巨大的怪獸。青年穿著暗紅色襯衫，從解開的一顆扣子，可以窺見胸前骨頭。

信吾覺得這個青年已離死不遠。他撇開目光。

惡臭的小水溝旁，長滿茂密青翠的成排鼠麴草。電車依然停著。

二

信吾嫌蚊帳煩人，已經不掛蚊帳了。

保子每晚抱怨，有時還刻意打蚊子。

「修一那邊還掛著喔。」

「那妳去修一那邊睡不就好了。」信吾眺望少了蚊帳的天花板。

「我不可能去修一房間，不過從明晚開始，我要去房子那邊睡。」

「行啊。妳就抱著一個外孫女睡吧。」

「明明都有妹妹了，里子為什麼那樣整天只想纏著母親呢。里子是不是有點不正常？她有時會露出奇怪的眼神。」

信吾沒回答。

「沒有父親，就會變成那樣嗎。」

「或許妳該試著讓她更親近妳。」

「我比較喜歡國子。」保子說，

「也該讓孩子親近你。」

「相原從那件事之後，也沒通知一聲是生是死。」

「既然都已經交出離婚協議書了，應該無所謂吧。」

「說聲無所謂，就這樣結束了嗎。」

「就是啊。不過，即使他勉強活下來了，也不知道他的下落……總之，就當作婚姻失敗，就此死心，不過都已經有兩個小孩了，一旦離了婚，就這樣子嗎。這樣看來，我覺得婚姻一點也靠不住。」

「就算婚姻失敗，好歹也該有一點美好的餘情未了。房子自己其實也有錯。相原在社會上混不開，不知嘗盡怎樣的苦楚，房子對他，大概也不夠溫柔體貼吧。」

「男人如果自暴自棄，有時女人也無能為力，況且有時也讓女人不敢接近。如果都被拋棄了還繼續忍受，房子最後除了帶著小孩一起自殺也沒別的辦法吧。男人就算走上絕路，還有別的女人願意陪他一起死，可見或許也有可取之處。」保子說，

「修一現在看似還好，但是誰知道將來哪天會變成怎樣。畢竟這次的事，菊子似乎也受到很大的傷害。」

「都是為了孩子啊。」

信吾的話有雙重意義。指的是菊子墮胎拒生，絹子卻正想生下來。後者的事保子尚不知情。

絹子聲稱那不是修一的孩子，抗拒信吾干涉她生孩子，信吾雖然不知道那是不是修一的孩子，卻總覺得她是故意這麼說的。

「我去修一的蚊帳睡說不定比較好。如果只有他和菊子夫妻倆，還不知會商量什麼可怕的事情。太危險了……」

「他們能商量什麼可怕的事。」

仰臥的保子翻身面對信吾。看她的動作似乎是想拉起信吾的手，可是信吾沒把手伸出來，因此她稍微碰了一下信吾的枕邊，像要囁嚅祕密似的，

「菊子她呀，說不定又懷孕了。」

「啥？」

信吾大吃一驚。

「我覺得有點太快，但房子說應該是。」

保子已經沒做出像要吐露自己懷孕的祕密那種姿態了。

「是房子這麼說的？」

「有點太快了。」保子再次說，

「說來間隔是有點短。」

「是菊子或修一這麼告訴房子的？」

「不是，應該只是房子的觀測。」

保子用的「觀測」這個字眼很可笑，但信吾暗忖，離婚回來投靠娘家的房子，顯然在用刺探的眼光盯著弟媳婦。

「你也要提醒她，這次一定要小心。」

信吾感到心頭一緊。聽到菊子懷孕，絹子的懷孕更加強烈地迫近。

就算兩個女人同時懷了一個男人的孩子，或許也不足為奇。可是，那一旦發生在兒子身上，就伴隨怪誕的恐怖。彷彿某種東西的復仇或詛咒，呈現出地獄景象。
如果換個角度想，只不過是極為自然且健康的生理現象，但是信吾現在無法那樣豁達地看待。
而且，菊子這是第二次懷孕。菊子拿掉前面那個孩子時，絹子也懷孕了。現在絹子尚未生產，菊子又懷孕了。菊子不知絹子懷孕。絹子想必已顯懷，也開始有胎動了吧。
「這次，既然我們也知道了，菊子應該不能自作主張了吧。」
「是啊。」信吾很無力，
「妳也好好開導菊子一下。」
「如果是菊子生的孫子，你一定也會很疼愛吧。」
信吾輾轉難眠。
有沒有什麼暴力方法可以不讓絹子生下孩子呢？煩躁地思索之際，也浮現這種兇惡的幻想。
絹子說那不是修一的孩子，不過如果調查絹子的平日生活，或許可以找出讓自己安心的真相？

院子的蟲鳴傳來，已過了深夜兩點。不是鈴蟲或蟋蟀，全是鳴聲含糊不清的昆蟲，信吾感到自己就像睡在陰暗潮濕的土裡。

最近多夢，黎明時分又做了一個很長的夢。

過程已不復記憶。醒來時，似乎還可看到夢中的兩顆白蛋。整片沙地除了沙子什麼也沒有。兩顆蛋就並排放在那裡。一顆是鴕鳥蛋，個頭很大。另一顆是蛇蛋，很小，但是殼有點裂開，可愛的小蛇探頭動來動去。信吾看著覺得真的很可愛。

不過，自己肯定是因為煩惱菊子和絹子的事，才會做這種夢。誰的胎兒是鴕鳥蛋，誰的胎兒是蛇蛋，他當然不知道。

「奇怪，蛇是胎生還是卵生呢。」信吾自言自語。

三

隔天是週日，信吾九點多還在被窩裡。兩腿痠軟無力。

到了早上回想起來，鴕鳥蛋和從蛇蛋探頭出來的小蛇，都很詭異。

信吾憂鬱地刷完牙，來到起居室。

菊子把報紙疊在一起，用繩子綁緊。大概是要賣掉。

替保子將早報歸早報，晚報歸晚報，分得整整齊齊，按照日期依序擺好，向來是菊子的職責。

菊子起身，替信吾泡茶來，

「爸，關於二千年前的蓮花，有兩篇報導呢。您看過了嗎？我另外放到一邊了。」她說著，把兩天的報紙放在矮桌上。

「噢，我好像看過。」

不過，信吾還是再次拿起報紙。

彌生式的古代遺跡，發現了大約二千年前的蓮子。是蓮花博士催生發芽的。之前報紙也報導過開花的新聞。信吾還把那篇報導拿去菊子的房間給她看。當時菊子剛去醫院做完墮胎手術，正臥床休養。

之後，又出現兩次蓮花的報導。其一，是蓮花博士把蓮根分株出來種在母校東京大學的「三四郎」池。另一篇報導是美國的消息，東北大學的某博士，從滿州的泥炭層發現已經變成化石的蓮子，送去美國。華盛頓國家公園把蓮子硬化的外殼剝開，用浸濕的脫脂棉包裹，放進玻璃器皿中。去年冒出可愛的嫩芽。

今年移植到池塘，結了兩個花苞，開出淡紅色的花。公園課宣布那是一千年至五萬年前的種子。

「上次看報時，我就在想，一千年至五萬年的說法如果是真的，那可真是大範圍的計算啊。」信吾笑著說，一邊繼續往下看，根據日本博士發現種子的滿洲地層狀況，據說猜想是數萬年前的種子，但在美國，剝除種子的外殼，用碳十四的放射能調查後，推測應是一千年前的種子。

這是報社駐華盛頓特派員的報導。

「可以了嗎？」菊子撿起信吾放在一旁的報紙。她的意思大概是問報導蓮子的報紙是否也可以賣掉了。

信吾點頭，

「不管是一千年還是五萬年，蓮子的生命都很長壽啊。如果和人類的壽命相比，植物的種子，幾乎是永恆的生命。」他說著注視菊子。

「我們如果也能在地底下埋著一兩千年不死就好了。」

菊子喃喃低語，

「怎麼能埋在地裡。」

「不是墳墓喔。不是死掉，是休息。真的不能埋在地下休息嗎？說不定過了五萬年爬出來一看，自己的難題和社會的難題通通都已解決，世界已經變成樂園了。」

房子正在廚房餵孩子吃東西，這時喊道，

「菊子。這是爸的早飯吧。妳可不可以來看一下？」

「好。」

菊子起身過去，把信吾的早飯端來。

「大家都吃過了，只剩下爸一個人。」

「是嗎。修一呢？」

「他去釣魚場了。」

「保子呢？」

「在院子。」

「噢，今早不吃蛋了。」信吾說，把裝著生雞蛋的小碗給菊子。想起夢中的蛇蛋就有點噁心。

房子端來烤比目魚乾，但她默默放到矮桌上，又轉身回孩子那邊去了。

信吾接下菊子替他盛的飯，小聲地當面挑明，

「菊子，妳要生孩子了？」

「沒有。」

菊子當下回答後，似乎對這個突兀的問題很驚訝，

「沒有。沒那回事。」她搖搖頭。

「原來不是啊？」

「對。」

菊子狐疑地看著信吾，接著臉紅了。

「這次妳可要小心。之前我還和修一議論過。我說你能夠保證以後還能生嗎，修一輕易地說他可以保證。我說他講這種話，證明他對上天毫無敬畏。就連自己明天的生命，其實都無法保證吧。那雖然是你們倆的孩子，但也是我們的孫子。妳一定會生下好孩子。」

「對不起。」菊子羞愧垂頭。

菊子看起來不像在隱瞞。

房子為什麼會說菊子懷孕了呢？信吾不禁懷疑，房子這樣打探隱私也太過分了吧。總不可能房子都察覺了，菊子本人還沒發現吧。

不知房子在廚房是否聽見了這段對話，信吾轉頭看，但房子似乎帶著小孩出門了。

「修一以前好像沒去過釣魚場吧？」

「對。大概是聽朋友說的。」菊子說，但信吾懷疑修一是否真的和絹子分手了。

即便是星期天，修一有時也會去找外面的女人。

「待會要不要去釣魚場看看？」信吾邀約菊子。

「好。」

信吾去院子一看，保子正站在那裡仰望櫻樹。

「怎麼了？」

「不是啦，我是看櫻樹的葉子掉了很多。該不會是長蟲子了吧。暮蟬好像還在這棵樹上叫呢，轉眼已經沒有葉子了。」

說話之際，仍有泛黃的葉片不斷飄落。沒有風，因此葉子也沒有在空中打轉，是筆直地掉落。

「聽說修一去釣魚場了？我帶菊子過去看看。」

「去釣魚場嗎？」保子轉身問。

「我問過菊子了，她說沒那回事。是房子搞錯了吧。」

「這樣啊。你問了啊？」保子說話很傻氣。

「那真令人失望。」

「房子怎麼會想像力這麼豐富？」

「為什麼呢。」

「是我在問妳。」

兩人回到屋裡一看，菊子穿著白毛衣，也穿了襪子，正在起居室等候。

她塗了一點腮紅，看起來生氣蓬勃。

四

電車的車窗忽然映現紅花，是彼岸花。開在鐵軌旁的土堤，電車經過時花也跟著搖曳，距離非常近。

此外，在戶塚的櫻花道河堤上，信吾也望見成串彼岸花綻放。花才剛開，是明亮的紅色。

這是個紅花會令人想到秋天原野那種靜謐的早晨。

也看到芒草新長出來的草穗。

信吾脫下右腳的鞋子放到左膝上，搓揉腳底。

「腳怎麼了？」修一問。

「痠軟無力。最近，走上車站台階時，偶爾會覺得兩腳無力。今年感覺特別糟。好像生命力衰退。」

「菊子很擔心，還說爸累了呢。」

「是嗎。大概是因為我說想鑽進土裡休息個五萬年。」

修一詫異地看著信吾。

「是因為講到蓮子的話題啦。報紙上不是有報導，遠古的蓮子發芽，還開花了。」

「噢？」

修一點燃香菸後，

「被爸問起是否懷孕了，菊子似乎很為難。」

「到底有沒有？」

「應該還沒有吧。」

「重點是，絹子那個女人的孩子是怎麼回事。」

修一霎時詞窮，但是反而像要頂撞似的說，

「聽說爸去找過她是吧。她說拿了分手費。您根本不用給那種東西。」

「你什麼時候聽說的？」

「我是間接聽說。我們已經分手了。」

「小孩是你的嗎？」

「絹子堅持不是我的……」

「不管對方怎麼說，這是你自己良心的問題吧。到底是不是？」信吾的聲音顫抖。

「光靠良心哪知道啊。」

「你說什麼？」

「就算我一個人痛苦，面對女人瘋狂的決心，我也毫無辦法。」

「對方應該比你更痛苦吧。菊子也是。」

「不過分手之後我回頭想想，過去絹子好像也一直是那樣，活得我行我素。」

「那樣也無所謂嗎？你不想知道那究竟是不是自己的孩子嗎？抑或你的良

心已經知道答案了？」

修一沒回答。就男人而言過於漂亮的雙眼皮，頻頻眨動。

信吾的辦公桌上，放著鑲黑框的明信片，是那個肝癌友人的訃聞，因病衰弱而死似乎還太早。

該不會是誰真的給他毒藥了吧。也許受到委託的不只信吾一人。抑或他用了別的方法自殺？

另一封信是谷崎英子寄來的。英子是通知他已經改到別家洋裁店上班了。信上還提到絹子在英子走後不久也離職了，目前已搬去沼津。據說她對英子說過，東京生活大不易，因此她要在沼津自己開個小店。

英子雖然沒寫，但在信吾想來，絹子或許是打算躲在沼津生孩子。

難道真如修一所言，絹子已經和修一乃至信吾都毫無瓜葛，變成一個我行我素過日子的人了嗎？

信吾看著窗口清透的陽光，發呆半晌。

還有和絹子同住的那個池田，剩下她一個女人家不知怎樣了。

信吾很想去見那個池田或英子，問問絹子的事。

下午他去弔唁友人。信吾這才知道，對方的妻子早在七年前便已過世。友人生前似乎是與長子夫婦同住，家裡的孫兒多達五人。長子和孫兒們，似乎都和死去的友人長得不像。

信吾懷疑友人是自殺，但這當然不是該問的問題。棺木前的鮮花多半是漂亮的菊花。

回到公司，正在和夏子看公文時，菊子意外來電。信吾當下心生不安，以為出了大事。

「菊子？妳在哪裡？東京？」

「對。我回來娘家。」菊子似乎是開朗地笑著說，「我媽說有點事要跟我商量，結果我回來一看，什麼事都沒有。她說只是太寂寞了，想見我一面。」

「噢？」

信吾感到心頭彷彿滲入溫情。一方面也是因為菊子在電話中的聲音像個小姑娘很好聽，不過似乎不僅是那個原因。

「爸，您要下班了吧？」

「對。妳家裡的人都還好吧？」

「是。我想跟您一起回去，所以才打電話問問。」

「噢？菊子，妳可以在娘家多待一會沒關係。我會替妳告訴修一。」

「不了，我該回去了。」

「那好吧，妳來公司好了。」

「我去公司方便嗎？我本來想在車站等。」

「妳還是過來吧。要我打給修一嗎？我們三個可以吃完飯再回去。」

「修一好像出去了，同事說他不在位子上。」

「噢？」

「那我現在立刻過去可以嗎？我已經準備好要出門了。」

信吾連眼皮都發熱，窗外的街景似乎突然變得清晰可見。

秋魚

一

十月的早晨，信吾正要打領帶，突然不知所措，

「呃？呃……？」

他停手，面露困窘。

「奇怪？」

他把剛打的結鬆開，想重打，卻不知該怎麼打。

他拽著領帶兩端，拎到胸前，望著領帶歪頭納悶。

「您怎麼了？」

站在信吾斜後方準備替他套上西裝外套的菊子，繞到他面前。

「我打不了領帶。我忘記該怎麼打了。奇怪。」

信吾用笨拙的動作，緩緩把領帶纏繞到指間，想要穿過另一邊，領帶卻以

奇怪的狀態糾結成一團。本該對這樣的行為說聲真好笑，但信吾的眼神籠罩晦暗的恐懼與絕望，似乎把菊子嚇到了，

「爸。」她喊道。

「該做什麼來著？」

信吾的腦子似乎連努力回想的力氣都沒有，只是呆站著。

菊子看不下去，把信吾的西裝搭在一隻手臂上，走近他的胸前。

「該怎麼做才好？」

菊子拿著領帶遲疑的手指，在信吾的老花眼中模糊。

「我就是忘了那個。」

「爸明明每天都是自己打領帶。」

「就是啊。」

任職公司四十年早已習慣每天打領帶，今早怎麼會突然不會打了呢？打領帶的方法就算不用腦子思考，照理說手也會自動完成。應該不用想就能打好才對。

信吾想到這或許是自我的喪失或脫落猝然降臨，就毛骨悚然。

「雖然我也是天天看著。」菊子神情認真，繼續將信吾的領帶一下子捲起一下子扯直。

信吾決定交給菊子處理後，隱隱萌生幼兒寂寞時撒嬌的心態。

菊子的髮香飄散。

菊子忽然停手，羞紅了臉。

「我打不出來。」

「妳沒替修一打過領帶嗎？」

「沒有。」

「只有在他喝醉回來時替他解開領帶嗎？」

菊子稍微後退，上半身僵直，定定看著信吾鬆垮掛著的領帶。

「媽或許知道怎麼打。」她呼出一口氣後，

「媽，媽！」她揚聲呼喚。

「爸說不會打領帶……媽能不能來一下？」

「這又是怎麼了？」

保子啼笑皆非地過來了。

「自己打不就好了。」

「爸說他忘記怎麼打領帶了。」

「忽然在一瞬間就腦子迷糊了。真奇怪。」

「是很奇怪。」

菊子讓到一旁，保子在信吾的面前站定。

「我也不大會。大概是忘了吧。」保子邊說，邊用拿領帶的手輕輕頂起信吾的下巴。信吾閉上眼。

保子似乎勉強打出來了。

信吾被迫向後仰頭，許是因為壓迫到後腦，霎時有點恍惚失神，頓時有金色的雪煙在眼皮內側發光。就像壯觀的雪崩造成的雪煙被夕陽照亮。甚至似乎也聽見轟隆巨響。

該不會是腦出血吧？信吾嚇得睜開眼。

菊子大氣也不敢出，正在注視保子的手勢。是信吾以前在故鄉山上看到的雪崩幻影。

「這樣行了吧？」

保子打完領帶，調整形狀。

信吾伸手去摸，碰到保子的手指。

「好。」

信吾想起來了。大學畢業第一次穿西裝時，替他打領帶的，是保子美麗的姊姊。

信吾迴避保子和菊子的目光，轉頭對著衣櫃的鏡子，

「這樣應該可以了。傷腦筋，我真的老糊塗了嗎。竟然會一下子想不出怎麼打領帶，簡直毛骨悚然。」

從保子能夠替他打領帶看來，新婚時，信吾應該也讓保子替他打過。但他想不起來了。

保子在姊姊死後去幫忙時，可曾替俊美的姊夫打過領帶呢？

菊子穿上木拖鞋，憂心忡忡地送信吾到大門口。

「今晚呢？」

「今天沒聚會，我會早點回來。」

「那您早點回來。」

到了大船一帶，從電車的窗口看見秋高氣爽的富士，信吾一檢查領帶，發現左右顛倒了。保子是把左邊拉長打結。大概是因為保子面對著他，搞錯方向了。

「搞什麼。」

信吾解開後三兩下又重新打好。

剛才忘記怎麼打領帶簡直不真實。

二

最近修一經常和信吾連袂返家。

三十分鐘一班的橫須賀線，傍晚每十五分鐘就一班，有時反而乘客稀少。

在東京車站，信吾和修一並排坐著，一個年輕女人坐在他們面前，

「麻煩幫我看一下位子。」她對修一說，把紅色內裡皮的手皮包放在位子上就站起來。

「兩人座位嗎？」

「嗯。」

年輕女人的回答含糊不清，粉抹得有點厚的臉蛋也沒紅，已經轉身下車去月台了。墊肩俏皮聳起的窄身春季外套，從肩膀向下垂落，看起來柔和又瀟灑。

信吾很佩服修一當下就能問出「兩人座位嗎」這種問題。反應真快。他怎麼知道女人是在等約會對象呢？

被修一這麼說之後，信吾也覺得女人肯定是去見同伴。

儘管如此，女人坐在靠窗的信吾前面，為什麼卻是對修一發話？或許是因為她起身時正好面對修一的方向，但也可能是因為修一更容易讓女人親近？

信吾望著修一的側臉。

修一在看晚報。

年輕女人不久就走進電車，但她抓著敞開的車門，再次環視月台。看來是對方沒出現。回到座位的女人，淺色外套從肩膀至下擺緩緩搖晃，胸前有一顆大鈕釦。口袋靠前，開得很低，女人把一隻手伸進口袋，搖晃著走路。有點特別的剪裁穿在她身上卻很合適。

和她起身離開前不同，這次她坐在修一的前面。從她三次朝入口轉頭看來，大概是覺得靠走道的位子比較看得見入口吧。

信吾前面的位子，放著女人的手提包。是橢圓形筒狀，開口很寬的口金包。

鑽石耳飾大概是假的，很亮。女人緊緻的小臉上，大鼻子很顯眼。嘴巴小巧美麗。略為上揚的濃眉剪得很短。眼皮是漂亮的雙眼皮，可是線條不到眼尾就消失了。下巴線條緊繃。算是一種美女。

眼睛略帶疲色有點混濁，看不出年齡。

入口那邊發生騷動，年輕女人和信吾都朝那邊望。是五、六個男人扛著粗大的楓樹樹枝進車廂。大概是旅行歸來，咋咋呼呼很興奮。

楓樹的紅色，讓信吾覺得一定是來自寒冷的地區。

男人們肆無忌憚的大嗓門，讓他得知那是越後[1]內陸的楓樹。

「信州的楓樹，想必也已經很漂亮了。」信吾對修一說。

不過，比起故鄉山上的楓紅，信吾想起的，是保子的姊姊死時，佛堂那盆巨大盆栽的楓紅。

當時修一自然還沒出生。

信吾一直望著給電車裡染上季節色彩，冒出座位上方的楓樹。

驀然回神，只見信吾的前面，已坐著年輕女人的父親。

女人原來是在等父親嗎。信吾不由感到安心。

父親和女兒一樣大鼻子，兩個並排看起來很滑稽。髮際線也一模一樣。父親戴著黑框眼鏡。

1 越後，現在的新潟縣。

父親和女兒似乎彼此毫不關心，既不交談，也沒有轉頭看對方。父親在車抵品川之前就睡着了。女兒也閉著眼。父女倆感覺上連睫毛都長得一樣。

修一和信吾並沒有這麼像。

信吾不自覺期待父女倆至少交談一兩句話，同時也對兩人這種彷彿陌生人的互不關心有點羨慕。

他們的家庭想必很和諧。

所以當年輕女人在橫濱車站自行下車時，信吾大吃一驚。原來他們不僅不是父女還是陌生人。

信吾失望地洩氣。

男人只在車子要離開橫濱時略微睜眼，懶散地繼續打瞌睡。

年輕女人走後，信吾忽然覺得那個中年男人看起來很懶散。

三

信吾伸肘輕捅修一，

人。

「他們不是父女。」他低聲說。

修一並未流露信吾期待的反應。

「你看到了吧？沒看到嗎？」

修一不置可否地點點頭。

「真不可思議。」

修一似乎並不覺得不可思議。

「長得很像呢。」

「是啊。」

男人在睡覺，還有電車行駛的聲音，但信吾還是不好意思高聲議論眼前

這樣看著人家似乎也不太好，信吾垂下眼簾，落寞頓時襲上心頭。

原本應該是覺得那個男人落寞，最後那種落寞卻沉入信吾自己的心中。

保土谷車站和戶塚車站之間是一段長距離。秋日的天空籠罩暮色。

男人比信吾年輕，不過應該超過五十五。在橫濱下車的女人，大概和菊子

的年紀相仿吧。和菊子雙眸的美麗截然不同。

不過，信吾在想那個女人為何不是這個男人的女兒。

信吾越想越覺得不可思議。

這世上，有些人長相神似，看起來分明就是親子。可是，這種人並不多。對那個女人而言，想必只有這個男人和她相像，對這個男人而言，女人想必也是唯一一個。彼此都是僅此一人。也許像這兩人這樣的例子，在這世上僅此一對。兩人毫不相干地各自生存，做夢都沒想到對方的存在。

這樣的兩人卻偶然搭上同一班電車。這是初次相逢，今後再無重逢之時。這是漫長人生的短短三十分鐘。彼此連話也沒說就分開了。雖然比鄰而坐，但是似乎也沒正眼對視，因此兩人應該也沒發現彼此長得很像吧。奇蹟之人不知自身的奇蹟便已離去。

被這樣的不可思議打動的，反而是身為第三者的信吾。

然而，偶然坐在兩人前面，觀察到奇蹟的自己，在信吾想來，應該也等於參加了奇蹟吧。

究竟是什麼，創造出長相神似父女的男與女，讓他們在一生之中僅有三十分鐘相遇，並且展現在信吾眼前呢？

而且，正因為年輕女人等的人沒來，她才會和看似父親的男人並肩而坐。這就是人生嗎，信吾只能如此呢喃。

電車在戶塚停車時，睡覺的男人慌忙起身，放在行李架上的帽子掉落信吾的腳邊。信吾替他撿起來。

「啊，謝謝。」

男人連灰塵也沒撢，戴上帽子就走了。

「世上還真有這種不可思議的事。居然是不相干的陌生人。」信吾終於可以大聲說話了。

「長得雖然像，但是穿著不同喔。」

「穿著……？」

「女的衣裝筆挺，剛才那個大叔卻很邋遢。」

「女兒裝扮入時，老爸衣衫襤褸的情形，在世間不是很常見嗎。」

「就算是這樣，服裝的風格也大不同。」

「嗯。」信吾點頭，

「女的不是在横濱下車了嗎。剩下男的一個人後，其實我也覺得，那男的好像突然看起來很落魄……」

「是吧。打從一開始就是喔。」

「不過，就算突然看似落魄，對我來說還是很不可思議。好像有點感同身受。雖然那個人比我年輕很多……」

「老年人如果帶著年輕貌美的女人，的確會格外顯眼。爸不如也試試？」修一不由語帶輕蔑。

「那是因為有你這樣的年輕男人，在旁邊羨慕地看著。」信吾也顧左右而言他。

「我才不羨慕。如果是一對年輕的俊男美女，總覺得叫人坐立不安，如果是醜男配美女，又會覺得可憐，美女還是該交給老人。」

信吾對於剛才那兩人，依然覺得不可思議。

「不過，兩人說不定真的是父女喔。我現在忽然想到，該不會是在外面生的私生子吧。就算見到面也沒報上名字，因此彼此都沒認出對方……」

修一不予置評。

信吾說完才暗叫不妙。

不過，既然已經被修一認定是在含沙射影，

「你也一樣，二十年後，說不定就會發生那種情形。」

「爸想說的，原來是這個嗎。我可不是這種感傷的宿命論者。敵人的子彈咻咻咻地不斷掠過耳邊，卻一次也沒打中我。在中國和南洋，說不定也有私生子誕生。見到私生子，又毫不知情地分開，這種事如果和掠過耳邊的子彈相比，根本不算什麼。至少沒有生命危險。況且絹子生的不見得是女兒。絹子既然說不是我的孩子，那我當然也只能這麼想。」

「戰時與和平時期不同。」

「說不定馬上又有新的戰爭追著我們而來，況且在我們心裡的前一場戰爭，或許還陰魂不散地追逐著我們。」修一厭惡地說，

「倒是爸，那個女的稍微有點與眾不同，您就悄悄覺得對方有魅力，抱著奇怪的想法左思右想。女人只不過和別的女人有點不一樣，男人就會上鉤。」

「那你呢，只因為女人有點不同，就讓女人生孩子，撫養孩子，這樣對嗎？」

信吾說不出話。

「這又不是我想要的，若說想要孩子的，是女方。」

「在橫濱下車的女人，她是自由的。」

「你所謂的自由是什麼？」

「沒有結婚，邀她她就會來。看似高不可攀，卻過著不正經的生活，漂泊不定身心俱疲。」

信吾對修一的觀察很震驚。

「你也很誇張。什麼時候變得這麼墮落了。」

「菊子其實也是自由的。是真的自由喔。不是士兵也不是囚犯。」修一挑釁似地撂話。

「說自己的老婆自由是什麼意思。你也對菊子說過這種話嗎？」

「菊子那邊，請爸對她說。」

信吾極力忍耐，

「換句話說，你是叫我勸菊子離婚嗎？」

「不是的。」修一也壓低聲音。

「是因為提到在橫濱下車的女人很自由……那個女的和菊子年紀相仿，所以爸才會把那兩人看成父女吧。」

「什麼？」

這攻擊來得太意外，信吾反而愣住了。

「不是的。既然不是父女，那他們長相酷似不是幾近奇蹟嗎？」

「可是，這件事並沒有爸說得那麼感人。」

「不，我很感動。」信吾雖然這麼回答，但是被修一指出自己心底有菊子，信吾還是詞窮了。

賞楓客在大船下車。目送楓樹枝椏下了月台後，

「要不要回信州賞楓？叫你媽和菊子也一起去。」信吾說。

「這個嘛，我對楓紅毫無興趣。」

「我想看故鄉的山。你媽的老家，在她夢中據說也已荒廢得破破爛爛。」

「的確荒廢了。」

「如果不趁著還能修繕的時候處理，房子大概真的要腐朽了。」

「骨架很結實，所以還不至於破破爛爛，可是如果要修繕……不過，把房子修好了又能怎樣？」

「誰知道，也許我們回去養老，或許哪天你們又得下鄉逃難。」

「這次我留下看家。菊子還沒見過你們的鄉下老家，她最好去一趟。」

「最近菊子怎麼樣？」

「我在外面沒有女人了，菊子大概也倦怠了吧。」

信吾苦笑。

四

修一在週日下午似乎又去釣魚場了。

把晾在走廊上的坐墊排成一排，信吾支肘躺在上面，一邊曬秋陽。

阿照也躺在前方的脱鞋石上。

保子在起居室，把十天份的報紙堆在膝上閱讀。

如果看到她覺得有趣的報導，就會喊信吾，唸給他聽。保子頻繁地念報，因此信吾隨口應答後，

「保子，星期天妳就別看報了。」說完，懶洋洋地翻身。

客廳的壁龕前，菊子正在拿王瓜插花。

「菊子，那是從後山垂落下來的嗎？」

「對。我看很漂亮。」

「山上應該還有吧。」

「是。山上還剩五、六個。」

菊子手裡的瓜藤上，綴著三顆瓜。

信吾每天早上洗臉，都會從芒草上方看到後山的王瓜逐漸成熟變色，不過放進客廳後，那種朱紅依然令人眼睛一亮。

望著王瓜，菊子自然也映入眼簾。

從下巴至脖子的線條有種難以形容的洗鍊美感。這種線條不可能在一代就出現，想必是歷經數代血統才產生的美感，想到這裡信吾有點悲傷。

或許是髮型讓脖子特別醒目，菊子的臉龐顯得有點消瘦。

菊子細長的脖頸線條很美，這點信吾早就知道，不過大概是因為隔著恰好的距離躺著看的角度，讓她看起來更美。

也可能是因為秋光也恰到好處。

從下巴至脖子的線條，依然散發菊子的少女氣息。

不過，隨著身形逐漸柔和豐潤，線條勾勒出的那種少女氣息，如今已即將消失。

「我再念一篇就好……」保子喊信吾。

「這裡也有有趣的報導喔。」

「是嗎。」

「是美國的新聞。在紐約州的水牛城這個地方，水牛城……一名男子出車禍，左耳掉了，去看醫生。醫生立刻衝出門，趕往車禍現場，尋找血淋淋的耳朵，撿起後趕回來，把那隻耳朵又給他縫回去了。而且據說到目前為止，都還好好地在頭上很牢靠喔。」

「手指也是，切斷後如果立刻接回去，據說照樣能用。」

「這樣子啊。」

保子又瀏覽其他的報導片刻，但隨即想起什麼似的，

「夫妻也是，如果剛分開不久就復合，有時應該還是能好好相處。分開之後如果過了太久就不行了。」

「妳在說什麼？」信吾隨口說。

「房子的事不也是如此。」

「相原都生死不明，下落不明了。」信吾隨口回答。

「他的下落，只要找人查一下應該就知道……重點是今後會怎樣。」

「這是妳老太太還放不下。離婚協議書都早就交出去了。妳就死了這條心吧。」

「死心是我打從年輕時就很拿手的，問題是房子那樣帶著兩個小孩在我眼前晃，我就會煩惱該怎麼辦才好。」

信吾沉默。

「房子長得又不好看。就算有機會再婚，如果把兩個孩子都留在娘家，再怎麼說也太辛苦菊子了。」

「如果真到了那種地步，菊子他們當然會搬出去住。孩子就由老太太撫養。」

「我啊。我倒不是怕辛苦，可你知道我已經六十幾了嗎？」

「盡人事聽天命吧。房子去哪了？」

「去看大佛。小孩有時候真的很奇怪。里子上次看完大佛回來，明明差點出車禍，卻偏喜歡大佛，老是想去呢。」

「她應該不是喜歡大佛本身吧。」
「好像就是喜歡大佛喔。」
「噢？」
「房子會不會回鄉下繼承那個房子啊？」
「鄉下的房子不需要什麼繼承人。」信吾斬釘截鐵說。
保子沒吭聲，繼續看報紙。
「爸。」這次是菊子喊他。
「媽剛講到耳朵的新聞讓我想起來，爸有一次不是說過，如果能把腦袋從身體拆下，交給醫院清洗或修繕就好了。」
「對對對，當時是看到鄰居家的向日葵開花。我好像越來越有那種需要了。連怎麼打領帶都會忘記，搞不好很快就會把報紙反過來看還若無其事呢。」
「我也經常想起那件事。我會想像把腦袋交給醫院。」
信吾看著菊子。
「嗯。每晚就等於是把腦袋交給睡眠醫院處理。不過，或許是年紀大了，經常做夢。我記得曾經在哪看過，有首和歌就是吟詠，內心若有痛苦，就會夢見現實生活的延續。不過我做的夢，倒也不是現實生活的延續。」

菊子插好王瓜，仔細打量。

信吾也望著那盆花，

「菊子，你們搬出去住吧。」他突然說。

菊子吃驚地轉身站起來，來到信吾身旁坐下。

「我害怕搬出去。我怕修一。」菊子用保子聽不見的音量囁嚅。

「菊子想過和修一離婚嗎？」

菊子肅然正容，

「如果離婚了，我希望還有機會盡力照顧爸。」

「那是菊子的不幸。」

「不。我很樂意，絕非不幸。」

這好像是菊子第一次表現出熱情，信吾有點驚訝。他感到危險。

「菊子對我好，該不會是產生錯覺把我當成了修一？所以，我覺得妳這樣反而會與修一更有隔閡。」
「修一那個人，有時候我實在不了解他。他經常會在不意間變得很可怕，教人毫無辦法。」菊子蒼白的小臉像要傾訴委屈般看著信吾。
「對，自從他上過戰場就變了。他是故意的，讓我也摸不透他的真心……不過，扯句題外話，就像那血淋淋的斷耳，如果隨手縫回去，說不定會很圓滿。」
菊子文風不動。
「修一沒對妳說過，妳是自由的嗎？」
「沒有。」菊子抬起疑惑的眼睛，
「什麼自由……？」
「嗯，我當時也反問修一，說自己的老婆自由是什麼意思……仔細想想，或許也有菊子離開我身邊變得更自由，我也讓菊子更自由的意思吧。」
「這個『我』，是指爸嗎？」
「對。修一說，由我來告訴妳，妳是自由的。」

這時，天上傳來聲音。信吾真的以為是天上傳來的聲音。

抬頭一看，五、六隻鴿子低空斜飛過院子上方。

菊子似乎也聽見了，來到走廊邊，

「我是自由的嗎。」她目送鴿子，眼中泛淚。

本來躺在脫鞋石上的阿照也追著鴿子的拍翅聲，朝院子那頭奔去。

五

這個星期天的晚餐，一家七口全體到齊。

離婚回來投靠娘家的房子和兩個孩子，現在當然也是家中一分子。

「魚店只有三條香魚。給里子吃吧。」菊子說著，把魚分別放在信吾的面前，修一的面前，以及里子的面前。

「小孩子吃什麼香魚。」房子說著伸出手，

「給外婆吃。」

「不要。」里子按住盤子。

保子和顏悅色說，

「好大的香魚啊。這應該是今年最後的香魚了吧。我吃外公的就好。菊子妳吃修一的吧……」

被這麼一說，這裡的確聚集了三組人，或許該有三個家。

里子只顧著先對鹽烤香魚動筷子。

「好吃嗎？妳的吃相真難看。」房子皺起臉，用筷子夾起香魚卵餵國子吃。里子沒有抱怨。

「我吃點魚卵……」保子咕噥，用自己的筷子將信吾那份香魚的魚卵扯下邊角一塊。

「以前在鄉下，被保子的姊姊勸說，學過一點俳句，其中就有秋香魚或落香魚[2]、鏽香魚[3]這類特定季節的詞彙呢。」信吾起了話頭後，驀然看保子一

2 落香魚，秋天為了產卵溯溪而下的香魚。

3 鏽香魚，也是指秋天產卵期的香魚，背部會產生鐵鏽般的淡淡斑紋。

眼，然後才繼續說，

「那是吟詠香魚產卵後，筋疲力盡，外表徹底衰頹，孱弱地重回大海。」

「就像我一樣。」房子當下說。

「雖然我打從一開始，就沒有香魚那種好外表。」

信吾假裝沒聽見，

「古人還有『今如秋香魚，隨波自逐流』，或者『香魚知死期，毅然向下游』之類的俳句。看樣子，說的好像就是我。」

「是我啦。」保子說。

「產卵後回歸大海，就會死掉嗎？」

「我想應該是會死。偶爾也有躲在河中深處挨到明年的香魚，好像叫做停留香魚。」

「那我或許比較像那種停留香魚。」

「我不可能就此停留。」房子說。

「不過，回家之後，房子也胖了，氣色都變好了。」保子說著看房子。

「我才不要變胖。」

「回娘家，就等於是躲在深水潭吧。」修一說。

「我不會躲太久的。我才不要。我要去大海。」房子聲音高亢，

「里子，只剩骨頭了。別吃了。」她呵斥。

保子臉色古怪，

「被妳爸這麼一講香魚，好好的香魚都沒味道了。」

房子低頭有點急促地蠕動嘴巴，最後正色說，

「爸，能不能給我開個小店？隨便是化妝品店或文具店都行……地點再偏僻也沒關係。我想擺攤或弄個站著喝酒的小店。」

修一似乎很驚訝，

「姊能做賣酒的生意？」

「當然可以。客人又不是喝女人的臉蛋，況且我也會喝酒。你自己有個漂亮老婆，就講這種話。」

「我不是那個意思。」

「大姊當然也做得到。女人都可以做酒水買賣。」菊子意外發話了。
「如果大姊要開店，我也可以去幫忙。」
「哇，這下子不得了了。」
修一表現得很驚訝，但餐桌上一片死寂。
只有菊子一個人連耳朵都紅了。
「不如這樣吧，我想下個星期天全家去鄉下賞楓。」信吾說。
「賞楓嗎，我想去。」
保子兩眼發亮。
「菊子也去吧。還沒讓妳見識過我們的故鄉。」
「好。」
房子和修一依然臭著臉。
「誰看家？」房子問。
「我留下看家。」修一回答。
「我看家就好。」房子反駁。

「不過，去信州之前，剛才提的事情爸可得給我一個答覆。」

「那就做個結論吧。」信吾說著，想起身懷六甲，據說在沼津開了小洋裁店的絹子。

飯後，修一第一個站起來走了。

信吾也按摩著僵硬的後頸站起來，不自覺探頭看客廳，開燈後，

「菊子，王瓜垂下來囉。太重了。」他喊道。

洗碗盤的聲音似乎令菊子沒聽見。

山之音

作　　者　川端康成
譯　　者　劉子倩
主　　編　林玟萱

總 編 輯　李映慧
執 行 長　陳旭華（ymal@ms14.hinet.net）

社　　長　郭重興
發 行 人　曾大福
出　　版　大牌出版 / 遠足文化事業股份有限公司
發　　行　遠足文化事業股份有限公司
地　　址　23141 新北市新店區民權路 108-2 號 9 樓
電　　話　+886-2-2218-1417
傳　　真　+886-2-8667-1851

封面設計　許晉維
排　　版　新鑫電腦排版工作室
印　　製　成陽印刷股份有限公司
法律顧問　華洋法律事務所　蘇文生律師

定　　價　450 元
初　　版　2023 年 02 月

電子書 E-ISBN
9786267191712 (EPUB)
9786267191705 (PDF)

國家圖書館出版品預行編目資料

山之音 / 川端康成 著 ; 劉子倩 譯 . -- 初版 . -- 新北市 : 大牌出版 ,
遠足文化發行 , 2023.02
400 面 ; 13.6×19.2 公分
譯自：山の音
ISBN 978-626-7191-60-6（精裝）

861.57　　111019637